書下ろし

恩がえし

風烈廻り与力・青柳剣一郎㊺

小杉健治

祥伝社文庫

目次

花川戸町
浅草
浅草寺
入谷
不忍池
池之端
仲町
吾妻橋
本所
大川
神田川
小川町
本石町
紙問屋『美濃屋』
南伝馬町一丁目
呉服問屋『三条屋』
北町奉行所
両国橋
回向院
新大橋
万年町一丁目
履物屋『嘉田屋』
江戸城
小舟町
長谷川町
南町奉行所
八丁堀
永代橋
深川
閻魔堂

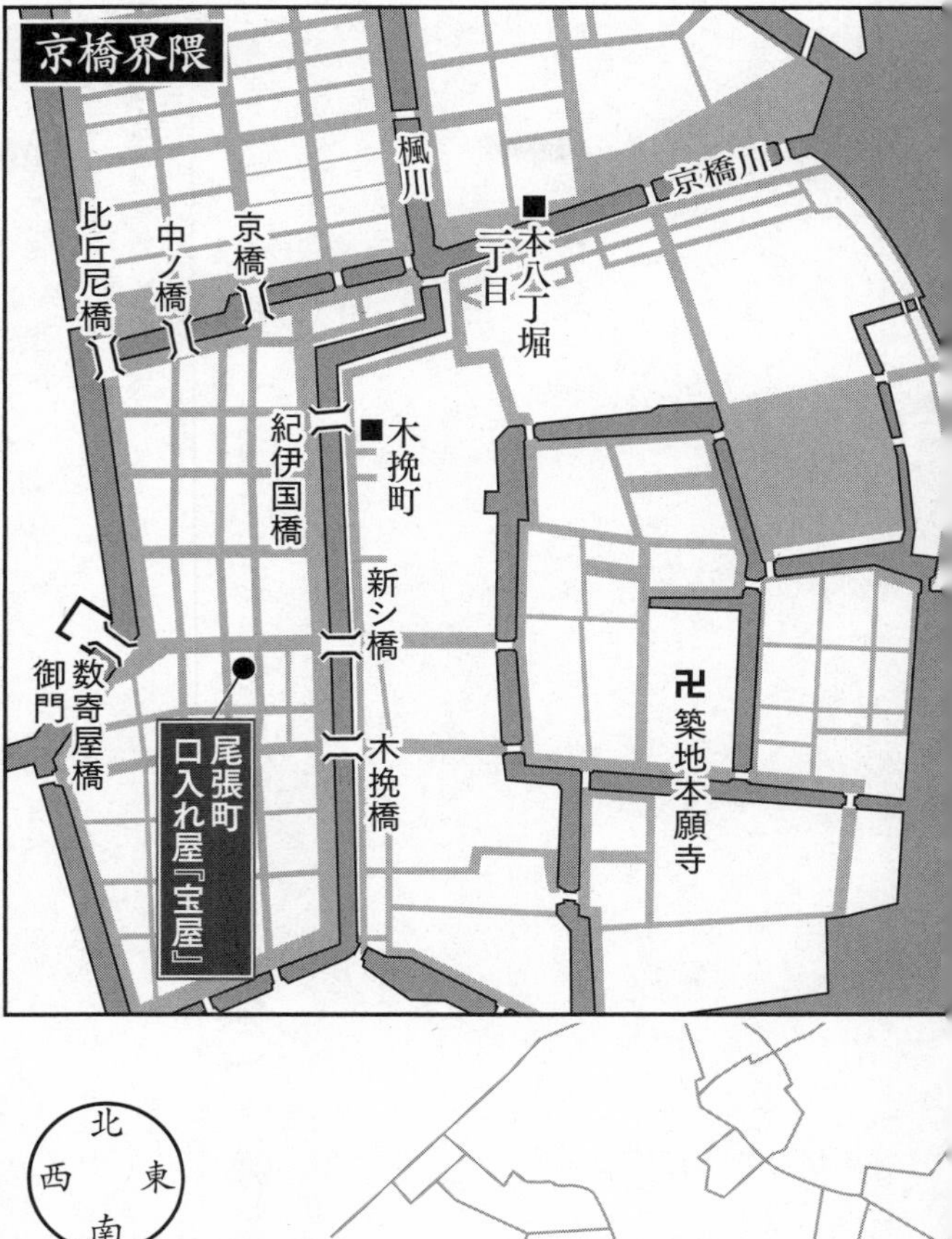
京橋界隈
京橋川
楓川
本八丁堀
二丁目
比丘尼橋
中ノ橋
京橋
紀伊国橋
木挽町
新シ橋
木挽橋
数寄屋橋
御門
尾張町
口入れ屋『宝屋』
築地本願寺

北
西
東
南

「恩がえし」の舞台

第一章　再会

一

落ち葉が風に舞い、法師蟬《ほうしぜみ》が鳴いている。さざ波を刷《は》いたような白い雲が浮かんでいた空は翳《かげ》ってきた。

秋の日暮れは早い。茂助《もすけ》とおときは溜池《ためいけ》をまわり、尾張町《おわりちょう》を経《へ》て京橋《きょうばし》に差しかかった。

武士や商人、職人などが行き交い、僧侶や大道芸人の姿も見え、駕籠《かご》も多い。赤坂日枝《あかさかひえ》神社に娘おきよの安産を願っての帰りだった。日枝神社は無事な出産を願うひとたちで賑《にぎ》わっていた。

京橋を渡ってすぐ竹河岸《たけがし》に曲がる。縄暖簾《なわのれん》の呑み屋から男がよろけながら飛び出してきて、地べたに尻餅《しりもち》をついた。

遊び人ふうの男が続けて出てきて、

「今度、目の前に現われたらただじゃすまねえ」

と言うと、その男に唾《つば》を吐《は》いて店に戻っていった。

男はしばらくして立ち上がった。四十半ばぐらいだ。こちらに顔を向けた。目がとろんとしている。

「おまえさん、あのひと」

おときが声の調子を変えた。

「まさか」

茂助が男を見つめた。頭の中にある姿とは大きく違っている。顔は痩《や》せて、皺《しわ》もだいぶある。

だが、大きな目や高い鼻は同じだ。顎《あご》に黒子《ほくろ》は、と確かめようとしたが、男は楓川《もみじがわ》のほうに歩いて行った。

茂助とおときは男のあとを追った。追い越してからさりげなく振り返った。男の顎に黒子があった。

間違いなかった。おときも目顔《めがお》で頷《うなず》いた。

「もし」

茂助は男が脇を過ぎようとしたところに声をかけた。聞こえなかったのか、男はそのまま行き過ぎようとした。

「もし」

今度は少し大きな声を出した。

男は足を止め、顔を向けた。

「失礼ですが、あなたは十五年前に深川《ふかがわ》の吾妻橋《あずまばし》で……」

「ひと違いだ」

最後まで聞かずに、男は否定した。

「………」

茂助は何も言えず、男を見送った。

「茂助ではないか」

背後から声をかけられて、茂助は振り返った。

「青柳《あおやぎ》さま」

黒の肩衣《かたぎぬ》に平袴《ひらばかま》という出で立ちの南町《みなみまち》奉行所の風烈廻《ふうれつまわ》り与力《よりき》、青柳剣一郎《けんいちろう》だった。槍持《やりもち》に挟箱《はさみばこ》持ち、草履《ぞうり》取りなどを供に連れ、奉行所から八丁堀《はっちょうぼり》の屋敷に帰るところのようだ。

若い頃に押込みに遭遇し、単身で踏み込み、数人の賊を退治した。そのとき頬《ほお》に受けた傷が青痣《あおあざ》となって残ったが、それは勇気と強さの象徴として人々の心に残り、その後数々の難事件を解決に導き、江戸の町の平穏と安心を守っていく姿に、町の者は畏敬《いけい》の念を込めて青痣与力と呼んでいる。

茂助は八丁堀の剣一郎の屋敷に出入りしている職人だった。

「今の男がどうかしたのか」

剣一郎が先を行く男に目をやりながらきいた。

「はい。あるお方に似ていたので」

「あるお方？」

「へえ、名前はわからないのですが、あっしら親子の命の恩人なんです」

「そんなに似ていたのか」

「はい。皺が増え、頬がこけていますが、大きな目と高い鼻、そして顎の黒子が同じなのです」

剣一郎は中間《ちゅうげん》を呼び、

「あの男の住まいを確かめてまいれ」

と、命じた。

「畏《かしこ》まりました」

中間は男のあとを追った。

「何があったのだ？」

剣一郎はきいた。

「へえ、十五年前の師走《しわす》（十二月）のことです。あっしは体を壊し、働けなくなり、借金も返せずにっちもさっちもいかなくなりました」

茂助は語りはじめた。


茂助とおときは五歳の娘おきよを連れて、雪が舞う中を吾妻橋の真ん中までやって来た。傘は雪で重くなっていた。

夜の五つ（午後八時）をまわり、行き交うひとの姿もない。

「おきよ、寒くないか」

茂助はしゃがんでおきよの顔を見た。

「寒い」

おきよの唇《くちびる》は青ざめていた。

「寒いか。すぐ、寒くなくなるからな」

「うん」

「おきよ」

おときがおきよを抱き締めた。傘が飛んだので、茂助は自分の傘をふたりに翳《かざ》した。

「ごめんよ。おとっつあんとおっかさんを許しておくれ」

「すまねえ。俺が不甲斐《ふがい》ないばかりに」

ふたりに声をかけたとき、犬のシロが体を寄せてきた。体長は二尺五寸（約七五センチ）近い。三角形の耳は立っていて凜々《りり》しい顔をしている、白毛のオスだ。

「シロ、いい子だから長屋にお帰り。みんながきっとおまえの面倒を見てくれるから」

シロが悲しそうな鳴き声を上げた。体は雪で濡《ぬ》れている。

「シロ、さあ行け、行くんだ」

シロがやって来たのは、おきよが三歳のときだった。生まれたばかりの小犬のときからいっしょに暮らしてきたのだ。

おきよが走り回って土間に落ちそうになるのを何度も助けていた。夜はいつもおきよといっしょに寝た。

シロも家族だから、いつもいっしょだった。だが、今度だけはシロを連れていくわけにはいかない。

長屋の部屋に閉じ込めて出てきたのだが、シロは戸をこじ開けてあとを追ってきたようだ。

「シロ、行け」

強い口調で言うと、シロはいきなり来たほうに向かって走り出した。聞き分けて、長屋に帰っていったのだろう。

茂助はおときを急《せ》かした。

「はい」

おときはおきよを胸に抱き締めた。茂助はふたりが離ればなれにならないように帯で縛った。

おときは欄干《らんかん》に手をかける。茂助がおときの足を持とうとしたとき、激しい衝撃に茂助は横倒しになった。

戻ってきたシロが体当たりをしたのだ。

「シロ、邪魔をするな」

茂助は起き上がって叱《しか》った。

シロが悲しげに鳴いた。

「おまえさんたち、ばかなことを考えているんじゃないだろうな」

男の声がして、驚いて顔を向けた。

羽織を着た三十歳ぐらいのがっしりした体つきの男だった。きりりとした顔立ちで、目が大きく、鼻が高い。

「子どもが可哀《かわい》そうだ。帯を解いてやるんだ」

そう言い、落ちていた傘を拾った。

茂助は言われるままに、おときとおきよを縛っている帯を解いた。

「ここじゃ、どうしようもねえ」

男はおときに傘を渡し、

「ついてきなさい」

と言い、本所《ほんじょ》のほうに向かった。

橋を渡って右に折れた。中之郷竹町《なかのごうたけちょう》に入ると、そば屋の提灯《ちょうちん》が見えた。

まだ、暖簾が出ていた。

「ここに入ろう」

男は暖簾をくぐった。

「いらっしゃいませ」

亭主らしい男が出てきた。客はいなかった。

「開いててよかったぜ」

「客はこないし、もう閉めようと思っていたところです。さあ、どうぞ」

小上がりを勧《すす》める。

「上がろうじゃないか」

男が先に上がり、茂助もおとき、おきよといっしょに小上がりに落ち着いた。

「急いであったかいものを作ってくれ。しっぽくを三つだ。それから熱燗《あつかん》も」

「へい」

「とっつあん。すまねえが、あの犬もここに入れてくれねえか。犬のぶんも金は払う」

「へえ、他にお客はいませんから」

シロは中に入らず外で待っているようだ。

「呼んでやったらどうだ」

男がきいた。

「はい」

茂助は立ち上がり、土間に下りて、戸口に行った。

戸を開けると、シロは戸口を向いて座っていた。

「シロ、おいで」

くうんと鳴いて、シロは土間に入ってきた。

おきよがシロに抱きつく。シロは尾を振りながらおきよの顔を舐《な》めた。

酒とそばが運ばれてきた。

「体が温まる。食べなさい」

男はおときとおきよに言う。

「はい」

ふたりは箸《はし》をとった。

茂助もそばを食った。体が温まってきた。茂助が蒲鉾《かまぼこ》を上げると、シロはうまそうに食べた。

「犬も安心したんだ」

男は猪口《ちょこ》を持ったまま言う。

茂助はそばを夢中で食べているおきよを見て、胸の底から突き上げてくるものがあった。思わず嗚咽《おえつ》をもらしたが、男は黙って酒を呑んでいた。

　茂助がそばを食い終えたあと、

「わけを聞かせてくれないか」

　と、男がきいた。

「へい。あっしは建具《たてぐ》職人ですが、体を壊して仕事が出来なくなってしまいました。それで、借金を」

　茂助は語りだした。

「借金をしてなんとか暮らしを凌《しの》いできましたが、病気が長引いて薬代が嵩《かさ》み、さらに借金をしなくてはならなくなって……。ようやく病の回復の兆《きざ》しが見えてきたときには、どうにもならないくらいの額になって」

　茂助は口のまわりを手でこすってから、

「期日までに金を返せなければ女房を岡場所に売るか、子どもを吉原《よしわら》にと……」

「借金はいくらだ？」

「二十両です」

　男は少し考えてから、

「おまえさんの住まいはどこだ？」

「へえ、石原町《いしはらちょう》の斎太郎店《さいたろうだな》です」

「よしわかった」

男はそう言い、懐《ふところ》から財布を取り出した。

「これしか持ち合わせがないが、今夜はこれを持って長屋に帰れ」

男は十両を茂助の膝前《ひざまえ》に置いた。

「旦那。これは……」

「心配ない。まっとうな金だ。足りない分は明日、おまえさんのところに届ける。いいか、もうばかなことを考えず、この子のためにも負けちゃだめだ」

「旦那、このとおりです」

茂助は拝むように手を合わせた。

その夜は長屋に帰った。部屋に置いた大家への書置きをすぐに破り、改めて生きている喜びを嚙《か》みしめて、川の字に寝た。シロも安心したようにおきよの隣で寝息を立てた。


翌日の昼前、シロが急に騒ぎだした。戸に向かって尾っぽを振っていた。

やがて、腰高障子《こしだかしょうじ》が開いて、昨夜の男が顔を出した。

「ごめんよ」

男は声をかけてから、

「犬の鳴き声ですぐわかった」

と、シロの頭を撫《な》でた。

茂助とおときは上がり框《かまち》の前に畏まった。

「旦那、昨夜はありがとうございました。おかげで、親子三人、新しい朝を迎えることが出来ました」

「礼を言うなら、この犬に言うがいい。俺を引っ張っていったんだからな」

男はシロを見た。シロは男に礼を言うように首を縦に振った。

「いい子だ。これからも皆を守ってやるんだぜ」

男が言うと、シロは返事をしたのかワンと吼《ほ》えた。

男は懐から袱紗《ふくさ》包みを出した。

「これで借金を払い、体を治し、一生懸命に働くんだ」

「すみません」

茂助は袱紗包みを受け取った。ずしりとした重みがあった。茂助はあわてて袱紗を広げた。

五十両だ。

「こんな大金」

茂助は目を瞠《みは》った。

「やるんじゃねえ。貸すんだ。だが、心配するな。催促無しのあるとき払いだ。金があまりそうなら、娘さんに習い事でもさせてやることだ」

「旦那。ありがてえ」

「旦那さま。お名前を」

おときが涙声できいた。

「名乗るようなものじゃねえ」

「でも、それじゃ、お金をお返し出来ません」

「まあ、いいさ」

「旦那、なんとお礼を言ったらいいか」

茂助は拝むように男を見た。

「昨夜も言ったが、礼を言うのはこの犬だ」

男はしゃがんで、

「この犬が俺を引っ張っていったんだ。おめえはほんとうに利口な犬だ」

シロは返事をするように一声鳴いた。

男はシロの頭を撫でてから立ち上がり、

「じゃあ、達者でな」

と、土間を出て行った。

茂助とシロは木戸の外まで出て、男の姿が見えなくなるまで見送った。

剣一郎は茂助の話を黙って聞いていた。

「あの旦那からいただいたお金で借金を返し、今ではこうして建具職人の親方になり、娘を育てることも出来ました。改めて礼を言いたいとあの旦那を探しましたが見つかりませんでした」

茂助は言ってから、

「それが日枝神社のお導きか、さっき、竹河岸で旦那をお見かけしたんです。でも、旦那はあっしらを覚えていないようで」

「ひと違いではないのか」

「いえ、十五年の歳月が経ちましたが、恩人の顔を忘れちゃいません。あの目と鼻、なにより顎の黒子。ただ……」

茂助は息を継いで、

「着ているものが皺だらけで、ひょっとして紙子《かみこ》ではないかと」

「紙子？」

「へえ、いくら丈夫な紙で作ってあっても、所詮《しょせん》紙ですから」

「暮らし向きが気になるのか」

「はい。そうであれば、今度はあっしが手を差し伸べたいと思いやして」

「そうか。住まいがわかったら知らせよう」

剣一郎は言い、茂助、おときと別れた。

茂助とおときは京橋川沿いにある本八丁堀一丁目の表通りにある家に帰った。

仕事場では三人の職人が障子の枠に小槌《こづち》を打っていた。

老犬のシロが尾っぽを振りながら出てきた。

「シロ。あのときの旦那に会ったぜ。だが、いい暮らしをしているようには……」

今の俺があるのも、あの旦那のおかげだ。いや、おまえと旦那のおかげだ。茂助はシロの頭を撫でながら、さっき見かけた男のことを考えていた。

二

剣一郎は八丁堀の屋敷に帰り、妻女の多恵《たえ》の手を借りて着替えた。

ちょうど中間が戻ったという知らせを受けた。

濡縁《ぬれえん》に出ると、中間がやって来た。

「わかったか」

「はい。深川《ふかがわ》の万年町《まんねんちょう》一丁目にある『嘉田屋《かたや》』という履物《はきもの》屋の裏口に入って行きました。閻魔橋《えんまばし》の近くです」

「『嘉田屋』の者か」

「いえ。隣の店の者にきいたら、ただ間借りをしている男だと言ってました。男の名は市兵衛《いちべえ》だそうです」

「わかった。ご苦労であった」

剣一郎はねぎらった。

中間が下がったあと、剣一郎は黒の着流しに着替えて、

「出かけてくる」

と多恵に言い、編笠をかぶってひとりで屋敷を出た。

霊岸島《れいがんじま》を経て、永代橋《えいたいばし》を渡り、油堀《あぶらぼり》に沿って富岡橋《とみおかばし》までやって来た。この先に『深川の閻魔さま』として名高い閻魔堂があるので、閻魔橋とも呼ばれている。橋を渡ると、辺りは暗くなりはじめていた。

履物屋の『嘉田屋』はすぐわかった。二階建ての一軒家で、間口二間（約三・六メートル）ほどの小商《こあきな》いの店だ。

奉公人らしい若い男が表戸を閉めていた。剣一郎は若い男に声をかけた。

「すまぬが、主人を呼んでもらえぬか」

「どちらさまで」

男は編笠の内の顔を覗《のぞ》き込むようにしてきいた。

「青柳と申す」

剣一郎は編笠を人差し指で少し押し上げた。

「もしや、青痣与力……。少々お待ちを」

男はあわてて潜《くぐ》り戸から中に入った。

すぐ出てきて、

「どうぞ」

と、招いた。

「では」

剣一郎は編笠をとり、潜り戸をくぐった。主人らしい白髪の目立つ男が店座敷に腰を下ろして待っていた。

「これは青柳さまで。ここの主人でございます」

「間借りをしている男に会いたいのだ」

「市兵衛さんにですか」

主人は訝《いぶか》しげにきく。

「そうだ。事件ではない。尋ね人の件できさたいことがある」

「そうですか。じつは離れに住んでいます」

「離れか。市兵衛はいつからここに？」

「一年前です」

「どういう縁だ？」

「貸間《かしま》ありの貼り紙を見て、いらっしゃいました」

「知らない男だったのだな」

「はい。さようで」

「仕事は何をしているのだ？」

「なにもしていないようです」

「では、部屋代は？」

「ちゃんといただいています」

「そうか。では、案内してもらおう」

剣一郎は頼んだ。

「どうぞ、こちらに」

主人は土間に下りて、先に立った。

店座敷の脇を奥に向かう。台所を経て庭に出た。狭い庭の奥に離れがあった。

「父の隠居所でした」

主人は言い、戸を開けた。

「市兵衛さん、いるかえ」

土間に入って声をかけた。

四十半ばの痩せた男が上がり框まで出てきた。

剣一郎を見て、怪訝《けげん》そうな顔をした。

「南町の青柳さまだ。おまえさんに話があるそうだ。では、私は」

主人は剣一郎に頭を下げて出て行った。

「どうぞ、お上がりください」

市兵衛が暗い声で言う。

「いや、ここでよい」

編笠を置き、腰から刀を外して、剣一郎は上がり框に腰を下ろした。

「いったい、あっしに何を？」

市兵衛は不審そうにきいた。

「夕方、京橋川の竹河岸で、四十過ぎの夫婦に声をかけられたな」

剣一郎は口にする。

首を傾《かし》げてから、

「そういえば」

と、市兵衛は思いだしたように言う。

「あっしを誰かと勘違いしたようです」

「十五年前の師走、そなたは吾妻橋で親子三人と出会わなかったか」

「ずいぶん、古い話ですね」

市兵衛は首を横に振り、

「覚えちゃいません。やはり、ひと違いだと思います」

「そのとき、犬もいっしょだったそうだ」

「犬……」

市兵衛は遠い目つきをした。

「十五年前の師走、雪の降る夜だったそうだ。あの夫婦は幼子を道連れに心中をするところだった。飼っていた犬が、たまたま吾妻橋を通りかかった男に助けを求めた。そなたに似た男だったらしい。親子はその男のおかげで立ち直ったという。どうだ？」

「思いだせません。おそらくひと違いだと思います。その頃、あっしは浅草《あさくさ》に住んでいましたが、吾妻橋を渡ることは滅多にありませんでした」

「ほんとうにそなたではないのか」

「はい。あっしがそんなひと助けをするような徳のある男なら、今こんなことになっていませんよ」

「こんなこと？」

「もっといい暮らしが出来ているはずです」

市兵衛は自嘲《じちょう》気味に言う。

「そなたに家族は？」

「伜《せがれ》がひとり……」

「いっしょには住んでいないようだが」

部屋を見回して言う。

「どこにいるやら」

市兵衛は暗い顔をした。

「どうかしたのか」

「いえ、なんでもありません」

「もう一度言うが、あの夫婦は助けてくれた男に恩返しがしたいそうだ。そなたがそうだと言えば、幾ばくかの金をもらえるかもしれぬぞ」

剣一郎はあえてそういう言い方をした。

「あっしが助けたわけではないのに、そんな礼をしてもらおうなんて思っちゃいません」

「そうか、そなたではないのか」

「はい」

「どうやらひと違いであったか」

しかし、不思議なことに、市兵衛が否定すればするほど、茂助親子を助けた男のように思えてならなかった。

「申し訳ありません」

市兵衛は頭を下げた。

「そなたは十五年前、浅草に住んでいたそうだが、浅草のどこだ?」

「花川戸《はなかわど》です」

「そこで何をしていたのだ?」

「たいしたことではありません。ちょっとした商売を……」

市兵衛はあとの言葉を濁《にご》した。

「よけいなことを言いにきて、すまなかった」

相手が否定する以上、諦《あきら》めるしかなく、剣一郎は腰を上げた。

翌日の朝、剣一郎は出仕するのに本八丁堀一丁目のほうをまわった。表通りにある茂助の家に寄った。

戸を開けると、仕事場ではすでに職人が働いていた。土間の隅に、老犬のシロが寝ていた。最近、寝ていることが多い。それでも声をかけると起き出してくる。食欲はあり、まだまだ元気だった。

「これは青柳さま」

茂助が上がり框まで出てきた。

「昨夜、そなたが恩人と言った男に会ってきた」

「えっ、そうでございましたか」

「男は市兵衛と言い、万年町一丁目にある履物屋『嘉田屋』の離れを間借りしてひとりで住んでいる」

「そうですか」

「十五年前のことをきいたが、当人は否定した」

「否定ですか」

「覚えていないそうだ。ひと違いだと言っていた」

「そんなはずはありません。確かに、あのときのお方です。十五年経とうが、恩人の顔を忘れちゃいません」

「おそらく市兵衛はほんとうに忘れているのかもしれない」

「忘れている?」

「そなたにとっては大きな出来事だったかもしれぬが、市兵衛にとっては単なる偶然だったのだろう」

「でも、あの旦那は全部で六十両もくれたんです。そんな大金を他人に渡したことを覚えていないなんて……」

「想像だが、市兵衛は当時は羽振りがよく、六十両の金はたいした額ではなかったのかもしれない」

「あっしが会いに行けば、思いだすかも」

茂助が言う。

「わしの想像だが、市兵衛は今何か大きな屈託《くったく》を抱えているのかもしれぬ。目の前のことで頭がいっぱいで、昔のことを考える余裕がないのではないかと思える」

「ならば、よけいにあっしが力に」

そう言ったあとで、茂助はあっと声を上げた。

「どうした?」

「あのお方は竹河岸の呑み屋から遊び人ふうの男に突き飛ばされて出てきたんです。今度目の前に現われたらただじゃすまねえと、男は言ってました」

「竹河岸の呑み屋か」

「市兵衛さん、何かあるんでしょうか」

茂助は心配そうに言う。

「念のために調べてみよう」

「すみません」

「それより、娘御はどうだ？」

「おかげさまでお腹の子は順調に育っております。昨日、日枝神社で安産のお守りを頂いてきました。このお守りはうちで祀《まつ》っておくだけですが」

日本橋本石町《にほんばしほんこくちょう》にある紙問屋『美濃屋《みのや》』に奉公していた娘のおきよは身籠《みご》もり、今は『美濃屋』の入谷《いりや》の寮でお産に備えている。

「じつは先日、帯祝いをしました。岩田帯《いわたおび》を締め、おきよもいっしょに親族で神《かん》田明神《だみょうじん》にお参りをしたばかりですが、私たちだけで改めて安産の祈願をと思いまして」

身籠もって五か月目の戌《いぬ》の日に安産を祈願して腹帯を巻く。戌の日は犬が多産であることに由来する。

「来春早々にも生まれましょう」

茂助は顔を綻《ほころ》ばせた。

「楽しみだな」

「へえ、おきよの顔がきつくなっているので、男の子ではないかと言われていますが」

そう言ったあとで、茂助は暗い顔になった。

「ただ、ちゃんとした縁組ではないことが……」

「子の父親は『美濃屋』の伜だそうだな」

「はい。若旦那の功太郎《こうたろう》さんです。功太郎さんには本妻がおります。おきよにはまっとうに嫁に行ってもらいたかったのですが……」

茂助は気を取り直し、

「でも、生まれてくる子に罪はありません」

「そうだ。元気な子の誕生を待つのだ」

「はい。それに、『美濃屋』さんもよくしてくださいます。入谷の寮には私たちもいつでも顔を出せます。ときたま泊まって、おきよと共に過ごすことも出来ます。そのときは、シロもいっしょに」

自分の名が出たのがわかったのか、シロは顔を上げた。

「シロは元気だな」

「はい。十七歳になります。脚も達者で、入谷までいっしょに行けますから」

茂助は目を細めてシロを見た。

「シロ」

茂助が呼ぶと、すっくと起き上がって近づいてきた。

剣一郎はしゃがんでシロの頭を撫でる。シロは尾っぽを振った。

「シロはどういう縁でそなたのところに来たのだ?」

シロは剣一郎の顔を舐めてくる。

「これ、シロ」

茂助が注意をする。

「いや、よい」

剣一郎はシロが舐めるに任せた。

「すみません」

茂助は謝ってから、

「シロは雨の中を稲荷社《いなりしや》の祠《ほこら》のそばで震えていたんです。悲しそうな声で鳴いていました。あっしはたまらず抱き上げました。まだ両手に載るぐらいに小さくて。どこぞで飼われていたのかとも思ったんですが、可哀そうなのとつぶらな瞳が可愛くて懐に入れて連れて帰りました」

「そうか。シロもそのことを恩に感じているのだな」

「いつもおきよといっしょに寝ていました。おきよもシロを可愛がり、シロもおきよが大好きでして。シロにはたくさん助けてもらいました。かなりの老犬ですが体も丈夫で、稲荷神の遣いじゃないかと思っています」

茂助はしみじみ言い、

「十五年前、あっしら親子を助けてくれた市兵衛さんも、礼を言うなら犬に言えと仰《おっしゃ》ってました」

「確かに、シロはそなたたち親子を守っているようだな」

剣一郎が立ち上がると、シロは自分の寝床に戻って行った。

「青柳さま。あっしは市兵衛さんがあのときの旦那に間違いないと思っています。どうか、市兵衛さんが今、困っているなら何とか助けてあげたいんです」

「わしもなんとなく、あの男のことが気になるのだ」

幸い、今は大きな事件はない。剣一郎は市兵衛のことを調べようと思っていた。

三

その日の夕七つ（午後四時）に奉行所を退出し、京橋を渡って竹河岸に差しかかった。

呑み屋の前で、剣一郎は足を止めた。暖簾が下がっている。剣一郎は戸を開けて中に入った。

小女《こおんな》が出てきて、

「いらっしゃいま……」

と言ったが、語尾が消えた。

「すまぬ。亭主を呼んでくれるか」

「はい」

小上がりで、年寄が酒を呑んでいる。客はひとりだけだった。

小柄な亭主が出てきて、

「これは青柳さま。いったい何が」

と、驚いたようにきいた。

「ちょっとききたいことがあるのだ」

「はい」

亭主は不審そうな顔をした。

「きのうの今時分、年の頃なら四十半ば、痩せて、大きな目をした鼻の高い男がここで遊び人ふうの男と揉《も》めていたそうだが」

「はい」

亭主は頷いた。

「遊び人ふうの男は何者だ？」

「名前は知りませんが、何度か来たことがあります」

「何があったのだ？」

「最初、遊び人ふうの男が連れとふたりで入ってきました。そのあとで、四十半ばの男が入ってきて、遊び人ふうの男に何か言ってました」

「何を言っていたかわかるか」

「市太郎《いちたろう》はどこだと問いつめていました。遊び人ふうの男がとっとと帰れと突き飛ばしていました」

「市太郎と言ったのか」

「はい」

　息子だろうか。

「遊び人ふうの男はいくつぐらいだ？」

「二十四、五でしょうか」

「どんな顔つきだ？」

「中肉中背で、眉毛の薄い無気味な感じの男です。連れも同い年ぐらいですが、長身で長い顔をしていました」

「何度かここに来ているというのは、近くに住んでいるのか」

「だと思いますが」

　亭主が答えたとき、

「青柳さま」

　と、小上がりの年寄が声をかけた。

「何か」

　剣一郎は顔を向けた。

「眉毛の薄い無気味な感じの男なら知ってますぜ」

「誰だ？」

「竹蔵《たけぞう》という木挽町《こびきちょう》の地回りですよ」

「助かった」

剣一郎は礼を言い、屋敷に帰った。

着替えてから、剣一郎は編笠をかぶって屋敷を出た。

浅草花川戸に着いた頃には辺りは暗くなりかけていた。剣一郎は自身番に寄った。

「これは青柳さま」

詰めていた家主《いえぬし》が会釈《えしやく》をした。

「訊《たず》ねたいことがある。十五年前、花川戸に市兵衛という羽振りのいい男が住んでいたと聞いた。覚えていないか」

「市兵衛……。ひょっとして、『狆小屋《ちんごや》』の市兵衛でしょうか」

「『狆小屋』の市兵衛？」

「はい。狆を売っていた男です。自分のところで狆を繁殖させていました。狆は献上品として人気があり、かなり大儲《もう》けしていたようです」

狆は愛玩《あいがん》用の小さな座敷犬で、毛は長くふさふさして、穏やかで上品な犬である。大きく丸い両目は少し離れ、耳は垂れ下がっている。

「狆の繁殖家か」

剣一郎は呟《つぶや》き、

「『狆小屋』は今はないのか」

「はい。七年前に廃業しました」

「廃業？　何かあったのか」

「さあ、詳しいことはわかりませんが。なんでも犬に問題があって、大騒ぎになったらしく、それから信用をなくしたようです」

「市兵衛の家族は？」

「おかみさんと息子がおりました」

「息子はいくつだ？」

「当時で、十四、五歳でしたから今は二十一、二歳ぐらいでしょうか。廃業と同時に、どこぞに引っ越していきました」

「どこに行ったかきいていないのだな」

「はい」

「その後のこともわからないのか」

「わかりません」

一時は羽振りがよかった男は零落《れいらく》した今、茂助親子を助ける余裕のあった当時のことを思いだしたくなかったのかもしれない。

「狆の繁殖家は他にいるのか」

「はい。新堀川河岸地《しんぼりがわかしち》にいるはずです。確か、『犬村《いぬむら》』という屋号です」

「『犬村』か」

礼を言い、剣一郎は自身番を出た。

雷門前《かみなりもん》から田原町《たわらまち》を抜けて、東本願寺《ひがしほんがんじ》門前を過ぎ、新堀川を渡って右に折れた。川沿いをしばらく行くと、犬の形をした看板が見えた。『犬村』とあった。

二階家の脇に、大きな平屋が建っている。

剣一郎は戸を開けて土間に入る。帳場格子《ちょうばごうし》に年配の男が座っていた。

「青柳さまで」

「うむ。主人か」

「はい、さようでございます」

「ちょっと教えてもらいたいのだが、七年前まで花川戸に『狆小屋』という狆の繁殖を生業《なりわい》とする者が住んでいたそうだが、知っているか」

「はい。よく存じています」

「そこの主人は市兵衛といったそうだが」

「はい。市兵衛さんです。代々犬医者で、父親が狆の繁殖をはじめ、『狆小屋』の狆は大きくならず、可愛い顔をしていると評判になり、人気になりましてね」

「それほど繁盛していたのか」

「ええ、大名、旗本《はたもと》から豪商まで高価な狆を買いもとめにきたようです」

「それなのに、なぜ、『狆小屋』は廃業する羽目に?」

「献上先の大名家で狆が急死したことから、『狆小屋』の狆は長生きしないという風評が流れて信用をなくしたそうです。それからいっきに商売は傾いていったようです」

「ほんとうに長生きしなかったのか」

「わかりません。ただ、たくさん繁殖させるために薬を使ったりしたようです。それが犬の体によくなかったのだという噂が広がったのです」

　主人は顔をしかめていう。

「廃業後、市兵衛がどうしたかわからないか」

「わかりません」

「市兵衛には息子がいたようだが、息子の名は？」

「市太郎です」

「奉公人は？」

「はい。何人かいましたが」

「誰か消息を知らないか」

「いえ、わかりません。ただ、ひとりだけ、消息ではありませんが、番頭をしていた格太郎《かくたろう》という男が、半年ぐらい前に殺されたと聞きました」

「『狆小屋』の番頭だった男が殺されたというのか」

「はい。神田川《かんだがわ》の和泉橋《いずみばし》の近くで殺されていたそうです」

「そのことはどうしてわかったのだ？」

「同心《どうしん》の旦那が言ってました」

「同心？」

「はい、植村京之進《うえむらきようのしん》さまです」

南町定町廻《じようまちまわ》り同心の植村京之進だ。奉行所の与力、同心の中でも剣一郎にとりわけ畏敬の念を持っている。

「で、何をきいたのだ？」

「懐に、狆の売買の値段表を持っていたそうです。それで、業者を当たっていたようです。格太郎という名から、すぐに『狆小屋』の番頭を思いだしました」

「格太郎はどんな男だ？」

「抜け目のない感じで、私はあまり好かなかったですが、市兵衛さんは信用していたようです」

「そうか。よくわかった」

剣一郎は外に出た。

その夜、夕餉《ゆうげ》のあとに太助《たすけ》がやって来た。

濡縁から上がってきて、部屋の中で向き合う。

「そなたは犬のほうはどうだ？」

「犬は苦手で。子どものころ、追いかけられたことがあってからどうも……」

太助は猫の蚤《のみ》取りやいなくなった猫を探す商売をしている。ある縁から剣一郎の手先としても働いてくれるようになった。

「そうか、苦手か」

剣一郎は苦笑した。

「犬がどうかしたんですかえ」

太助はきいた。

「建具職人の茂助を知っているか」

「へえ、一度、ここでお会いしたことがあります」

「うむ。障子を取り替えたときだな」

「はい」

「茂助のところに犬がいる。もう十七歳というからかなりの老犬だが元気だ」

「そいつは長生きですねえ」

「賢い犬だ。茂助の家族をずっと守ってきた」

「忠犬ですね」

剣一郎は十五年前に茂助が市兵衛とシロに助けてもらった話をした。

「そうですか。そのシロが市兵衛さんを呼んできたってわけですか」

「そうだ。茂助が市兵衛に礼を言ったら、礼は犬に言えと市兵衛が言ったそうだ」

「でも、シロも偉いですが、市兵衛さんもよく犬の訴えがわかりましたね。犬のあとについていかなければ、茂助さんたちを助けることが出来なかったんですから」

「そうだ。調べたら、市兵衛は父親の代から犬医者で、十五年前は狆の繁殖をしていたそうだ」

「犬医者で、狆の繁殖もしていたのですか」

太助は合点《がてん》したように頷き、

「だから、犬の訴えもわかったんですね」

「そうだろうな。狆の繁殖ではかなり儲かったらしい」

「ええ、狆は高値で売られています。大名や旗本の奥方や大店《おおだな》のお嬢さまなどに好まれているようです」

太助ははっと気づいたように、

「まさか、多恵さまが狆を飼いたいと？」

ちょうど多恵が部屋に入ってきた。

「あっ、多恵さま」

太助はあわてた。

「私がなんですか」

「いえ、狆の話をしていて」

「私が狆を飼いたいと？」

「いえ、そういうわけではありません」

「でも、狆は可愛いものね」

「欲しいのか」

剣一郎は真顔になってきく。

「欲しいですけど、相手をしている暇はありませんから」

剣一郎の屋敷には武士から町人まで訪問する者が多い。付け届けを持って頼みごとでやってくるのだ。玄関に出て応対するのも、与力の妻女の役割だった。

「しかし、客の応対は志乃《しの》にも任せられよう」

志乃は伜剣之助《けんのすけ》の嫁だ。

「飼うなら、太助さんがいることだし、猫にするわ」

多恵は笑った。

「ほんとうですか」

「飼うとしたらです。でも、当分は無理でしょうね」

多恵は言ってから、

「でも、なぜ、狆の話を？」

「建具職人の茂助のことだ」

剣一郎は改めて茂助の話をした。

「まあ、茂助さんにそんなことがあったのですか」

「うむ。今あるのはそのときの旦那のおかげだと、ずっと感謝の念を忘れずに生きてきた。その男と偶然竹河岸で再会した。ところが、当人は否定した。それで、わしがその男に会いに行った」

その後の経緯を語り、剣一郎は続けた。

「その男は市兵衛と言い、七年前まで花川戸で狆の繁殖をしていたのだ。それまでは羽振りがよかったが、今は不遇な暮らしをしているようだ」

「市兵衛さんは独り暮らしなのですか」

多恵がきいた。

「伜がいるらしく、市兵衛は伜を探しているようだ」

剣一郎は言ってから、

「前置きが長くなったが、その伜を探したいのだ」

と、太助の顔を見た。

「わかりました。で、伜の名は？」

「市太郎だ。二十一、二歳ぐらいだと思うが、人相はわからない。手掛かりは、竹蔵という男だ。市兵衛は竹河岸にある呑み屋で呑んでいた竹蔵に向かって、市太郎はどこだと食い下がっていたそうだ。簡単に跳ね返されたみたいだが」

「竹蔵ですね」

「木挽町の地回りらしい。二十四、五歳だ。中肉中背で、眉毛の薄い無気味な感じの男らしい。長身で長い顔をした男とふたりで呑み屋にいた」

「わかりやした。竹蔵を見つけ出します」

「うむ。探し出すだけでいい」

「はい」

「太助さん」

多恵が声をかけた。

「夕餉はまだでしょう。お腹が鳴りましたよ」

「えっ」

太助はあわてて腹を押さえた。

「さあ、支度は出来ているから食べていらっしゃい」

「へい」

太助は立ち上がって台所に行った。

太助が部屋を出て行ってから、

「腹の虫が鳴くのは聞こえなかったが」

剣一郎は苦笑しながら言う。

「あのように言わないと、太助さんはいつまでもおまえさまと話を続けているでしょう。そのうち、ほんとに腹の虫が鳴きます」

「まあ、そうだな」

「そういえば、茂助さんの娘さん、順調なのかしら」

「先日、岩田帯を締めたらしい」

「そうですか。どちらかしらね、男の子か女の子か」

「表情がきつくなってきたから男の子のようだと言っていた」

「それにしても、茂助さんもおときさんも複雑でしょうね。『美濃屋』の若旦那には妻がいるんでしょう。お妾《めかけ》さんじゃないですか」

「ただ、『美濃屋』のほうでも大事にしてくれているようだ。入谷の寮で娘は過ごしている」

剣一郎は目を細めていた茂助を思いだしていた。

しかし、『美濃屋』の主人功右衛門《こうえもん》は功太郎が手をつけた娘のために、よく寮を使わせたものだ。功太郎の嫁も寛大だ。

剣一郎はそのことが微《かす》かに気になった。

四

次の日、剣一郎は出仕してすぐに植村京之進を呼んだ。京之進はまだ同心詰所にいたので、すぐに与力部屋にやって来た。

「ごくろう」

剣一郎は京之進に声をかけ、

「さっそくだが、半年前に和泉橋の近くで格太郎という男が殺されたそうだな」

「はい」

「下手人は挙がったのか」

「はい。首を括《くく》って自害していました」

「詳しく話してくれ」

「はっ」

京之進は語りだした。

「寒い朝でした。仕事場に出かける大工が和泉橋を渡ったとき、下流のほうに頭を川に突っ込んで倒れている男を見つけて、神田佐久間町《さくまちょう》の自身番に駆け込んだのです。男は脇腹と心ノ臓を刺されていました。前夜に殺されたようです。持っていた財布の中に狆の売買の値段表と書付《かきつけ》が入っていました。借用書のようで、『平助《へいすけ》から五両借りた　格太郎』と記されていて、住まいも書いてあったので殺されたのは格太郎だとすぐわかりました。平助の行方が知れず、探していたところ、本所回向院《えこういん》裏の雑木林の中で首を吊って死んでいた男がみつかりました。これが平助でした。格太郎を許せなかったという内容の文《ふみ》が足元に残されていました。地べたに置いた文の重しにしていたのが血のついた匕首《あいくち》でした」

そこまで一気に説明し、

「平助は金のことで格太郎を殺し、その後、本所回向院裏で首を括ったのです」

と、付け加えた。

「ふたりの関係は？」

「格太郎は人形町《にんぎょうちょう》通りで古着屋をやっていました。南伝馬町《みなみてんまちょう》一丁目にある呉服問屋『三条屋《さんじょうや》』から品物を仕入れていましたが、平助は一年前までその『三条ようです」

屋』の番頭をしていたのです。そこを辞めてから、平助は仕事をしていなかった
「平助は仕事をしていないのに金を持っていたのか」

「さあ、貯えがあったのではないでしょうか」

京之進は推《お》し量《はか》って言う。

「無職の平助が古着屋をやっている格太郎から金を借りるほうが自然だが」

剣一郎は疑問を呈する。

「格太郎のほうはあまり商売が芳《かんば》しくなかったようです」

「平助が『三条屋』を辞めたわけは？」

「客の女に手を出して辞めさせられたようです」

「辞めさせられたのなら、『三条屋』から一銭ももらえなかっただろうに、それまでの貯えがあったのか」

「そうだと思いますが……」

「平助の住まいから金は見つかったのか」

「いえ」

「すると、平助はなけなしの金を格太郎に貸したことになるな。だから殺しにま

で発展したということか」

「そうだと思います」

「格太郎のことで、新堀川河岸地の『犬村』という狆の繁殖家の主人を訪ねているな。なぜだ？」

剣一郎は別のことをきいた。

「格太郎の女房が、格太郎は七年前に廃業した『狆小屋』で働いていたと言っていたので、ちょっと気になりまして」

「というと？」

「はい、女房が言うには『狆小屋』が廃業しなければならなくなったのは『三条屋』のせいだと、格太郎がもらしたことがあったそうです」

「『三条屋』のせい？」

「それ以上の詳しいことは聞いていないそうで。それで、『狆小屋』の主人から話を聞きたいと思ったのですが、主人の市兵衛の行方がわからず、結局そのままに」

「そこまで調べようとしたのは、金の貸し借りが殺しの理由ではないと思ったのか」

「いちおう、念のために」

「そうか。で、結局平助が格太郎を殺し、自分も首を括ったということでけりはついているのだな」

「さようでございます」

京之進は答えたあと、

「青柳さま。この件に何か問題が?」

と、不安そうにきいた。

「じつは、そなたが探していた市兵衛とひょんなことから出会ったのだ」

「えっ、市兵衛に?」

京之進は驚いたようにきき返した。

「こういうわけだ」

剣一郎は茂助親子の話をした。

「そうですか。十五年前にそのようなことが……」

感じ入るように、京之進は呟いた。

「かなり羽振りがよかった男が、今は他人の家に間借りをして一人で細々と暮らしている。それで調べたら、花川戸で七年前まで、狆の繁殖をしていた。なぜ、廃業したかを知ろうと『犬村』を訪ねて、番頭をしていた格太郎が殺されたことを聞いたのだ」

「そうでございましたか」

「当時を知る者から廃業のわけをきこうとしただけだ。市兵衛から直接聞くことも出来る。ごくろうだった」

「はっ」

京之進が引き上げたあと、剣一郎は格太郎と平助の死になんとなく腑《ふ》に落ちないものを感じていた。

京之進も何か引っ掛かるから格太郎のことを調べたのだろう。

その日の夕方、いったん屋敷に帰って着替えてから、剣一郎は編笠をかぶって出かけた。永代橋を渡り、油堀に沿って閻魔堂まで行く。

履物屋の『嘉田屋』を訪れ、離れで市兵衛に会った。

「青柳さま」

市兵衛は驚いたような目を向けた。

剣一郎は上がり框に腰を下ろし、

「花川戸に行ってきた。『狆小屋』という屋号で、狆の繁殖を生業《なりわい》にしていたそうだな」

と、口にした。

「へえ。昔のことです」

「かなり繁盛していたそうではないか」

「狆を飼いたいという裕福なお方はたくさんおりましたから」

市兵衛はぽつりと言う。

「犬と接して暮らしていたから、十五年前の師走、吾妻橋でシロという犬が助けを求めてきたとき、シロの訴えがわかったのだな」

「………………」

「茂助親子を助けたことを思いだしたか」

「昔のことです」

「助けたことは認めるか」

「そういうことがあったかもしれないし、夢だったかもしれない。そんな感じです」

「しかし、現実に助けてもらったという者がいるのだ。全部で六十両の金をもらったそうだ」

「…………」

「そんなに繁盛していたのに、どうして廃業したのだ？」

「それがいけなかったんです」

「どういうことだ？」

「繁殖させればさせるほど、高値で売れていきました。だから犬にいろいろな餌《えさ》を与え、滋養強壮の薬も飲ませ、どんどん成長させ、繁殖させていったんです。無理したつけがまわってきたんです。うちの狆はすぐ病気になる、体が弱いなどの悪評が広まり、買い手がなくなって」

市兵衛は自嘲ぎみに、

「犬を犠牲にして大儲けしていたんです。犬たちにも申し訳ないことをしました」

「そのことは当時からわかっていたのか」

「わかっていました。つねに後ろめたく感じていました」

「なるほど。犬の求めに応じて茂助親子を助けたのは、そなたの中での罪滅ぼしだったかもしれぬな」

「………」

「ところで、格太郎という男を知っているな。そなたの店で働いていた男だ」

「はい、死んでしまったみたいですが」

「廃業してから、付き合いはあったのか」

「いえ」

「どうしてだ？」

「廃業に追い込まれたのは、あの男のせいでもありますので」

「どういうことだ？」

「あるお客さんから買ったばかりの狆が死んだという苦情がきたら、あの男は狆の繁殖のために良くない薬を使っているとか、根も葉もないことをべらべら喋《しゃべ》ってしまったんです」

「それで客足が途絶えたというわけか」

「はい」

「では、格太郎を恨んだか」

「いえ、それはありません」

「なぜだ」

「あっし自身、犬に酷《ひど》いことをしたと思っていました。狭い場所に、たくさんの狆を閉じ込めて……。ですから、心の中ではもう辞めたい、狆を苛《いじ》めることから足を洗いたいと思っていたんです。いいきっかけが出来たというわけです」

「他にそう思う何かがあったのか」

「へえ。まあ」

市兵衛は俯《うつむ》いた。

「よかったら、聞かせてくれぬか」

「金があるに任せ、女を作り、いい気になっていたら、ある日、突然、女房が家を出て行ってしまったんです」

「出て行った？」

「あっしに愛想を尽かしてしまったんです。あっしが狆を金儲けの道具にしていることに文句を言ってましたから」

「出て行ったのはいつだ？」

「八年前です。それから一年も経たずに廃業を決めました。ですから、格太郎のおかげで、あっしは狆を苛めることから離れられた。そう考えたら、恨むどころか感謝してもいいくらいです。でも」

市兵衛は息を呑んで、

「商売がだめになったら、今度は伜が家を出て行ってしまいました」

「なぜだ？」

「贅沢《ぜいたく》な暮らしが出来なくなったからでしょうね」

「伜は狆の繁殖には異を唱えていなかったのか」

「狆が可哀そうだとは言っていましたが、それでいい暮らしが出来るのですから、目をつぶっていたのでしょう」

「格太郎は人形町通りで古着屋を開いた。そのことを知っていたか」

「はい。しばらく経って知りました」

「どうして知ったのだ？」

「たまたま人形町通りを歩いていて、格太郎を見かけたのです。古着屋に入って行くと、奉公人が挨拶《あいさつ》していました。それで、自分の店を持ったのかと驚きました」

「驚いたというのは？」

「格太郎はうちの店を廃業に追い込んだ男ですから、廃業するにあたり、金なんてあまり渡していません。店を持つ金がよくあったものだと」

「すると、誰か金を出した者がいるかもしれないと？」

「いえ。店の金をくすねていたのかもしれないと」

「そなたは、格太郎を買っていたそうではないか」

「はい。如才《じょさい》はないし、仕事振りも真面目でしたので。でも……」

「でも？」

「あっしの悪口をべらべら喋っていたことに呆《あき》れ返りました」

「そうか」

剣一郎は市兵衛の目を見つめ、

「格太郎が死んだ経緯を知っているか」

と、きいた。

「ええ、二か月ほど前に人形町通りに入ったら、古着屋がなくなっていたんです。それで、隣の店できいたら、格太郎が殺されたと」

市兵衛は眉を寄せた。

「平助という男が格太郎を殺し、自分も首を括って死んだということだ」

「そうらしいですね」

「平助という男から金を借りていたらしい。格太郎の商売はうまくいっていなかったようだ」

「そうですか」

「平助を知っているか」

「知っています。呉服問屋の『三条屋』の番頭でした」

「なぜ、知っているのだ？」

「『三条屋』の旦那に狆を売りましたので」

市兵衛は渋面《じゅうめん》を作って言った。

「どうかしたか」

「いえ」

「平助と格太郎はそのころから関わりはあったのだな」

「はい」

「ところで、別れたかみさんと息子はいっしょにいるのか」

「伝《つて》をたよって女房を見つけましたが、伜はいませんでした」

「かみさんとはいっしょに暮らそうとはしなかったのか」

「伜のほうが心配で、まず伜を探すことが先決でして」

「手掛かりは？」

「倅が木挽町の地回りといっしょにいたのを見たと教えてくれたひとがいて、何度か地回りに会いに行ったのですが……」

市兵衛は首を横に振った。

「地回りの名は？」

「竹蔵です」

「竹蔵はなんと言っているのだ？」

「そんな男は知らないと」

「そなたはどう感じた？」

「わかりません」

「わしが手を貸そう」

「えっ？」

「倅を探してやろう」

「いえ、そんな」

市兵衛はあわてたように、

「青柳さまにそんなことをしていただいては……。それに、あっしも無理して探そうとしているわけじゃありませんので。もう、あいつも二十二歳です。立派なおとなですから」

剣一郎はおやっと思った。

口に出していることと心で思っていることが違う。剣一郎にそこまで迷惑をかけたくないというわけではない。探ってもらいたくないという感じだ。

「しかし、地回りと付き合っているとなると、心配ではないか」

「竹蔵が違うって言いますから」

市兵衛は急に口が重くなった。

「市兵衛、何か心配ごとでもあるのか」

「いえ、別に」

市兵衛は俯いて答える。

「青柳さま。どうぞ、あっしのことは……」

「そっとしておいて欲しいというのか」

「申し訳ありません」

なぜだという言葉を剣一郎は喉《のど》の奥に呑み込んだ。

「わかった。そうしよう。だが、何かあったらわしのところに来るのだ。よいな」

「はい、ありがとうございます」

市兵衛は深々と頭を下げた。


その夜、八丁堀の屋敷に太助がやってきた。

「竹蔵のことを調べてきました。仲間を引き連れ、あちこちで強請《ゆす》りや喧嘩《けんか》などをしているごろつきです。何人か仲間がいるようです」

「仲間はわかっているのか」

「はい。四、五人はいるようです。竹河岸の呑み屋にいっしょにいた長身で長い顔をした男は金助《かねすけ》といい、竹蔵の一の子分のようです。あとの仲間の名前はわかりませんが、その中に市太郎がいるかもしれません」

「しかし、市兵衛は、どうして伜が竹蔵の仲間に入っていると思ったのだろうか」

剣一郎は首をひねった。

「誰かが、市太郎が竹蔵といっしょにいるところを見ていたんじゃありませんか」

「市兵衛もそう言っていた」

「竹蔵のことでちょっと気になったことがあります。竹蔵は半年ぐらい前から急に羽振りがよくなって、木挽町の『川松《かわまつ》』という料理屋の座敷に何度も上がっていたといいます。ところが、最近は『川松』に行っていないそうです」

「金回りが悪くなったのか」

「そうらしいです。好きな女中がいて、いつも口説いていたのに、金がなくて『川松』に行けなくなったようです」

「女中に愛想尽かしを食らって、もう行けなくなったのではないのか」

剣一郎は確かめるようにきいた。

「そうではないようです」

「ほんとうに金が尽きてきたのか」

「はい。半年前に儲けた金が尽きてきたんだと思います。ということは、また何か金が手に入ることをやるんじゃないでしょうか」

太助が不安を口にした。

「なるほど、あり得るな」

「何をするかわかりませんが、その仲間に市太郎も誘われて……」

「うむ、そうかもしれぬ」

剣一郎は表情を曇《くも》らせ、

「まとまった金が手に入る仕事といえば、かなり危険なことではないか。しばらく、竹蔵を見張るんだ」

「わかりました」

太助は気負ったように言う。

竹蔵が何か危険なことをしようとしているなら、市兵衛の伜だけの問題ではなくなる。

それに、半年前に羽振りがよくなったことが気になる。竹蔵はなにをしたのだろうか。剣一郎は何か引っ掛かりを覚えた。

五

翌日、茂助とおときは入谷にある『美濃屋』の寮を訪れた。広い敷地で、忍び返しのついた高い塀に囲まれた、大きな二階建ての母屋があった。

おきよは庭に面した座敷で横になっていた。三人の女中がおきよの身の回りの世話をしている。

「おとっつあん、おっかさん」

おきよは起き上がった。

「どう、お腹の子」

おときが声をかける。

「元気よ」

お腹をさすりながら言ったあと、

「おとっつあん、シロは？」

「もちろん、いっしょだ」

茂助は立ち上がって障子を開けた。涼風が吹き込んできた。庭に萩《はぎ》の花が咲いている。おきよが縁側に出た。

庭先に畏まっていたシロが尾を激しく振り、縁側に足をかけた。

「シロ」

おきよはシロの頭を撫でた。

シロもうれしそうだった。幼いときからいっしょに育ってきたのだ。茂助も縁側に出て、おきよとシロを見ていた。

ふいに茂助は胸の底から突き上げてくるものがあった。十五年前、あの旦那に助けてもらわなかったら、今の暮らしはなかったのだ。

こうして孫に恵まれることになったのも、あの旦那のおかげだ。

借金を返し終えてもまだ十分過ぎる金があった。暮らしの不安から解き放たれたせいか、茂助の病も順調に回復し、仕事も出来るようになった。

それから五年後に、『美濃屋』の襖《ふすま》の取り替えの仕事に加わったとき、『美濃屋』の旦那から仕事ぶりを認められ、出入り職人になったことから運が開け、やがて親方として独り立ちしたのだ。本所石原町から本八丁堀一丁目の表通りに引越したことで、八丁堀からも仕事の声がかかるようになったのだ。

すべてはあのお方がいてくれたからだ。いつかあのお方に借りた金をお返しする。その一心で働いてきた。

「おきよ」

茂助は声をかけた。

「十五年前のお方にお会いしたよ」

「えっ、あのお方に？」

「うむ。三日前、おっかさんと赤坂日枝神社に安産祈願をしに行った帰り、偶然に見かけたんだ」

「そう、よかった。私もお会いしてお礼が言いたいわ。あのお方がいなかったら、今の私たちはいなかったんですものね」

おきよはしみじみ言う。

「ところが、本人は違うというのだ」

「ひと違い？」

「いや、ひと違いじゃない。十五年経っているが、俺は恩人の顔ははっきり覚えている。顎に黒子もあった」

「じゃあ、なぜ、忘れているの？」

おきよは不思議そうにきいた。

「気になることがある」

「なに？」

「あのお方の身形《みなり》だ。よれよれの着物だった。あまりいい暮らしをしているとは思えなかった」

「おとっつあん、あのお方の力になってあげて」

「もちろんだ。じつは、あのお方に会ったとき、青柳さまが通りかかったのだ。事情をお話しすると、青柳さまも手を貸してくださることになった」

「うむ。きっと、あのときの恩を……」

茂助が言ったとき、シロがワンと吼えた。

「シロも恩返しをしろと言っているんだ。あのお方を連れてきてくれたのはシロだからな。シロも命の恩人だ」

「そうよ。シロがいなかったら、今の私たちはいなかったわ」

おきよがしんみり言う。

「ほんとうにシロはお稲荷さまの使いかもしれないな」

稲荷の祠のそばで雨に打たれて震えていたのを連れてきたのだ。

「シロは赤子のおきよが土間に落ちないように守ってくれた。まるで、おきよの兄のようだった」

茂助は目を細めてシロを見た。

「おとっつあんもおっかさんもきょうはゆっくりしていけるんでしょう」

「いや、そうも言っていられない。仕事が待っているのでな」

茂助は庭で掃除をしている男を見た。

「あのひとは？」

茂助はきいた。

「下働きのひとよ」

「下働き?」

まだ若いように思えたので、茂助は訝った。門を入ったときに見かけた男とは別人だ。いつも不思議に思っているが、この寮には下働きの男が何人かいるのだ。それもみな体格もよく、二十代に思える。

「若旦那はたまには来るのか」

「……ええ」

答えるまで間があった。

子どもが生まれたあと、おきよと子どもはどのようになるのか。どこか、一軒家をあてがわれ、ふたりはそこでたまにやってくる若旦那を待つ暮らしをするのか。

先のことは考えないようにしているが、気になってならない。『美濃屋』がおきよにいろいろ気を使っているのが、かえってよけいな不安を生じさせるのだ。

「おきよ。ちょっと心配なのだが」

茂助がさりげなくきく。

「赤子を産んだあと、『美濃屋』さんはおまえをどうするつもりなのか」

「どうとは？」

「住む場所だ」

「心配いらないわ。おとっつあんもおっかさんもそんなことを考えなくていいのよ」

おきよは明るい声で言う。

「そうだな。『美濃屋』さんに任せておけばいい」

茂助は自分自身に言い聞かせるように言った。

「そろそろ行くか」

茂助はおときに声をかける。

「ええ」

おときは答え、

「おきよ、ではまた来るわね」

と、おきよに微笑《ほほえ》みかけた。

「おとっつあんもおっかさんも体に気をつけて」

「ああ」

「シロ、またね」

おきよがシロに声をかけると、くうんと鳴いた。

おきよに見送られて、茂助とおときは戸口を出た。シロが先回りをして待って
いた。

寮番夫婦に挨拶をして、ふたりはシロとともに門に向かった。門の横に、やは
り下働きらしい若い男がいた。

門を出てから、茂助は首を傾げた。

「やはり、妙だな」

「何が」

「下男らしい男が三人いる。皆若い」

「それがどうかしたの」

「それだけでなく、女中も三人ついている。至れり尽くせりだ」

「それだけ、『美濃屋』さんが気を使ってくれているということじゃない」

「それはそうだが、なにか気になってな」

茂助はうまく説明出来ないもどかしさを感じながら、帰途についた。

いったん本八丁堀一丁目の家に戻ったが、おきよの言葉を思いだし、茂助は出かけた。

深川の万年町一丁目に着いて、履物屋の『嘉田屋』を探した。すぐ間口二間ほどの小商いの店が見つかった。

店先に立つと、店番の若い男がいた。茂助は土間に入って若い男に声をかけた。

「離れにいる市兵衛さんにお会いしたいのですが」

「市兵衛さんは出かけて、まだ帰っていないようです」

「お帰りはいつごろでしょうか」

「さあ、いつも暗くなる前には戻ってきているようですが」

暗くなるまで半刻（一時間）ぐらいある。

「そうですか。また、出直します」

茂助は言い、『嘉田屋』を出た。

油堀に沿って大川《おおかわ》に向かいながら、市兵衛に思いを馳《は》せた。

『嘉田屋』の離れと言っても、小屋のようなものだろう。十五年前の堂々とした姿からは想像も出来ない。

市兵衛はこっちのことを忘れたのではなく、十五年前を知っている者と会いたくなかったのかもしれない。あまりの落差だ。

そうだとしたら、こっちが会いに行くことは市兵衛にとっては大きな迷惑なのかもしれない。

何度かの逡巡《しゅんじゅん》の末に、やはり市兵衛のことは青柳さまに任せようと心に決めて永代橋を渡った。

本八丁堀一丁目の家に帰ると、羽織を着た三十歳ぐらいの武士が土間の隅で待っていた。おときが近寄ってきて、

「おきよのことできたいそうよ。薄気味悪いから、うちのひとじゃないとわからないからと言っておいたの。そしたら、待っているって」

と、小声で話した。

「なんだろう」

茂助はその男に近づいた。

「あっしがおきよの父親ですが」

「ゆえあって名はご容赦《ようしゃ》くだされ」

厳しい顔で、武士が言う。

名を名乗れないことからして、茂助は胡散臭《うさんくさ》く思えた。

「はあ」

「娘のおきよどののことでお訊ねしたい」

「なんでしょう」

茂助は警戒ぎみにきいた。

「おきよどのは身籠もられておるが、父親は誰なのか」

「えっ？」

予期せぬ問いかけに、茂助は呆気《あっけ》にとられた。

「なぜ、そのようなことを？」

「わけも言えぬ。ただ、真実を知りたい」

武士は食らいつくように言う。

「お侍さま。わけもわからぬのに、見ず知らずのお方に娘のことをべらべら喋る親はおりますまい」

「もっともだ」

武士は素直に頷いた。

「では、こういう言い方をしよう。おきよどのは『美濃屋』の倅功太郎の子を身籠もったのだな。だから、『美濃屋』の入谷の寮に……」

「お侍さま。おきよとどのような間柄なのですか。それとも功太郎さんのほうと……」

「直接は知らない」

「では、どうしてそんなことをお知りになりたいのですか」

「だから、わけは言えぬのだ」

「名前も、どこのご家中かも、さらに知りたいわけも言わず……」

「だが、このことはそなたにも関わりあることではないか。自分の娘のことだ」

武士は反撃するように言う。

「………」

茂助は黙った。

「おきよどのは『美濃屋』の伜功太郎の子を身籠もったということだな」

「そこまでご存じなら何もきくことはないのでは」

「いや。わしが知りたいのは、ほんとうのことだ」

武士はいらだったように言う。

「ほんとうのこと？」

茂助は顔をしかめ、

「仰っていることがわかりませんが」

と、きき返す。

「そなたは不思議ではないのか」

「何がでございますか」

「功太郎には妻がいる。妻は夫がよその女に産ませる子を認めるだろうか」

「………」

「それとも妻は子どもを授かれない体だからか」

武士はため息をつき、

「どうやら、そなたは本気で功太郎の子だと信じているようだな。よいか、また来る。それまでにわしが言ったことをよく考えておくのだ。娘に確かめても、ほんとうのことを言うかどうかわからないが」

武士は一方的に言い、引き上げた。

茂助は唖然《あぜん》としていた。

「おまえさん」

おときの声ではっと我に返った。

「今のお侍さん、何を変なことを言っているんだろうね」

「変とも言えねえ」

茂助は呟いた。

「どういうことかえ」

「向こうに行こう」

弟子が聞き耳を立てているので、茂助とおときは居間に行った。

「じつは俺も不思議に思っていたんだ。功太郎さんのかみさんはよくおきよのことに目を瞑《つむ》っているもんだと。おめえはそうは思わないか」

「出来たおかみさんだと思っていたけど」

「まだ、おかみさんには子がいねえ。それなのにおきよが身籠もった。おかみさんにしちゃ、許しがたいことじゃねえか。なのに、それを許しているんだ。変じゃねえか」

「言われてみれば……」

「今のお侍が言うように、おかみさんは子どもを授かれない体だとしたらどうだ?」

「まさか、生まれてくる子を功太郎さんとおかみさんの子に……」

おときは悲鳴を上げた。

「俺も一瞬、そんなことを思った。だから、功太郎さんのかみさんは平然としていられるのだとな。だが、そうじゃねえ」

茂助は厳しい顔になった。

「そうだとしたら、あのお侍があんなことをききに来るはずはない」

「じゃあ、なぜ？」

「わからねえ。あのお侍はおきよの相手が功太郎さんだということに疑いを抱いていたようだ」

「でも、おきよだって功太郎さんだと……」

「それにしちゃ、おきよのところで功太郎さんに一度も会ったことがない。いや、功太郎さんは顔を出しているのか」

「それはたまたま都合が合わずに……」

「俺たちはいきなり会いに行っているんじゃない。事前に行くと知らせている。それなのに、功太郎さんは顔を出さない。それどころか、身籠もっているとわかっても、功太郎さんは一度も挨拶にこない」

かねてからの不満を、茂助は爆発させた。

「…………」

「俺は功太郎さんをよく知っているが、そんな薄情なお方ではない。ひょっとして……」

「なに？」

「おきよの相手は功太郎さんではないかもしれない」

おときがどうして嘘を？」

おときが悲鳴のように言う。

「わからない」

「もし、功太郎さんじゃなければ相手は誰なの？」

「相手はお侍だろう。だから、あのお侍が探りにきたのだ。これから、『美濃屋』の旦那に会ってくる」

茂助は立ち上がった。

「待って」

おときが引き止めた。

「肝心《かんじん》のおきよも功太郎さんだと言っているのよ。まず、おきよの気持ちを確かめたほうがよくはないかい」

「あのお侍が言うように、おきよがほんとうのことを話すかどうか。それに、すべてのお膳立ては『美濃屋』の旦那が整えているはずだ。おきよは旦那の言うことに逆らえないのだ」

「旦那だって素直にほんとうのことを言うとは限らないよ。功太郎さんの子だと旦那が言ったら、素直に信じるつもり？」

「それは……」

ふと、入谷の寮で見かけた若い下働きの男たちを思いだした。三人もいた。ほんとうに下働きの者なのだろうか。

茂助はじわじわと不安が押し寄せてくるのを感じていた。

第二章　娘の相手

一

　その夜、強風が吹き荒れていた。この時期には珍しく北西から吹いている。北西の風は十月から三月の間に多く吹く。この風の日に出火すれば大火になりやすい。

　剣一郎は同心の礒島源太郎《いそじまげんたろう》と大信田新吾《おおしだしんご》とともに、夕方から市中を巡回していた。失火や火付けをする不届き者などの警戒のためだ。

　風が強く、提灯《ちょうちん》も使えない。町は闇に包まれていた。暗がりの中で、火消しの見廻りの一行と擦《す》れ違う。

　剣一郎たちの一行は小石川《こいしかわ》から本郷《ほんごう》に入る。桶が転がって、何かが宙を飛んでいる。

　裏通りに入ると、明かりの灯《とも》っている家があった。源太郎が表戸を叩き、家の者を呼び出し、注意をする。隙間から強風が入り込んで行灯《あんどん》を倒すことも考えられる。

路地に人影が見えると近付き、声をかけた。表で何かが倒れたので出てきたという住人だった。

自身番の屋根の上の火の見櫓《やぐら》から見張りが町を見張っている。湯島切通《ゆしまきりどお》しを経て、池之端仲町《いけのはたなかちょう》に入る。

拍子木《ひょうしぎ》の音が聞こえる。木戸番の番太郎が夜回りをしている。四つ（午後十時）になる。風の音に落ち着いて眠れないのか、二階の窓から顔を出して外の様子を窺《うかが》っている者もいる。

下谷《したや》から浅草方面に向かい、稲荷町《いなりちょう》から田原町へ、さらに駒形《こまがた》から蔵前《くらまえ》に向かい、元鳥越町《もととりごえちょう》から向柳原《むこうやなぎわら》に出て、新シ橋《あらたばし》を渡る。

小伝馬町《こでんまちょう》に差しかかったころから風向きが変わった。西風になり、いくぶん勢いも衰えてきたようだ。

「これから風は弱まってきそうだ」

剣一郎は幾分緊張を解いて言う。

剣一郎の予想通り、物を飛ばし、砂塵《さじん》を巻き上げていた風が徐々に収まってきた。深夜になって、嘘のように静かになった。

「穏やかになりました」

源太郎がほっとしたように言う。

「火消しの連中にも笑顔が見えました」

擦れ違った火消しの一行のことに、新吾が触れた。

「青柳さま。あとは我らだけで」

源太郎が言う。

「いや、もう少し付き合おう」

そう言いながら日本橋を渡った頃には空一面に星が瞬《またた》いていた。

翌朝、秋空は澄んで青かった。剣一郎は奉行所に出仕した。

源太郎と新吾が待っていた。

「夜通し歩いたのか」

「はい」

「それはごくろうだった。きょうは帰って休め」

「わかりました」

ふたりは八丁堀の屋敷に帰った。

しばらくして、見習い与力がやって来て、年番方《ねんばんかた》与力の宇野清左衛門《うのせいざえもん》が呼んでいると言った。

剣一郎はすぐに清左衛門の元に赴《おもむ》いた。

「宇野さま、お呼びで」

文机《ふづくえ》に向かっていた清左衛門に呼びかけた。

清左衛門は金銭面も含めて奉行所全般を取り仕切っている。今も金の出入りを調べているのだろう。

清左衛門は机の上の帳面を閉じて威厳に満ちた顔を向けた。不機嫌そうな表情だが、そういう顔つきなだけだ。

「青柳どの。ごくろうでござる」

清左衛門は声をかけてから、

「じつは丹後山辺《たんごやまべ》藩佐高《はんさたか》家の用人《ようにん》津野紋兵衛《つのもんべえ》どのがお見えになった」

と、切りだした。

佐高家は二十万石の大名で、藩主は佐高越後守忠元《えちごのかみただもと》である。

「先日、お屋敷に盗人《ぬすっと》が忍び込み、奥方さまの部屋から金十両と書付《かきつけ》が盗まれたそうだ。盗人に気づき、夜警の者が盗人を追い込んだが、あと一歩のところで逃げられた。しかし、盗人の顔は見ている。目尻のつり上がった、目つきの鋭い顔をした若い男だそうだ」

清左衛門は言葉を切ってから、

「問題は書付だそうだ。明るみに出るとまずい。なんとか取り返したいという」

「大名屋敷に忍び込む盗人ですか」

剣一郎は首をひねった。

「そのような盗人の報告はありませんが、大名屋敷のほうで訴え出ていないからでしょうか」

「確かに聞かぬ。体面を恐れて、泣き寝入りをしているのかもしれぬな」

清左衛門は頷《うなず》き、

「家中の者も町で盗人を探しているようだが、盗人が捕まってもその書付のことが表沙汰《おもてざた》にならないようにしてもらいたいという願いだ」

「捕まえたら、引き渡してもらいたいということではないのですか」

剣一郎は意外そうにきいた。

「違う。あちこちで盗みを働いており、いずれ捕まるだろうから、そのときは書付のことに気を配って欲しいということだ」

「問題は書付なのですね」

「そうだ」

「奥方が持っていた書付ならば、いくら大事だとしても藩政に関するものではありませんね」

「うむ。ある意味、それ以上に深刻なものかもしれない」

「深刻？」

「用人どのの口振りから察するに、恋文かもしれぬ」

「恋文ですか」

「立ち入ったことなので深くはきいていないが、差出人が明らかになると、一問《ひともん》着《ちゃく》起きるということだろう」

「しかし」

と、剣一郎は不審を持った。

「今の話が真実だとしたら、いや事実でしょうが、いま大名屋敷を専門に狙う盗人が暗躍しているということですね」

「ただ、どこからもそんな盗人の話は聞かない。その盗人は家中の者に見つかっていることから、今回がはじめてなのかもしれない」

「今後、被害が広がるということですね」

「そうかもしれぬ」

「このことは町廻りには？」

「まだだ」

「では、夕方に皆を集めてお話を」

「うむ」

すでに、同心詰所を出かけた者も多い。夕方に帰って来てからのことになる。

夕七つ（午後四時）に同心詰所に戻ってきた同心を、年寄同心詰所に集めた。

「集まってもらったのは、確認と伝えたいことがあるからだ」

剣一郎は六人の定町廻り同心の顔を見回して切りだした。

「丹後山辺藩佐高家の上屋敷に盗人が入った。奥方の部屋から金十両と書付を盗んだが、警護の侍に見つかった」

剣一郎は盗人が警護の侍に追われながらも逃げ果《おお》せたと話し、

「今後、その盗人が捕まっても、その書付のことは秘密裏に始末をしてもらいたいとの申し入れが宇野さまにあった」

「その書付は何かの密約ということですか？」

同心のひとりがきいた。

「いや、おそらく恋文と思われる」

清左衛門が口を開いた。

「奥方への恋文であろう。その恋文を奥方が大事に持っていたことが問題だ。差出人が誰かも含めてな」

同心一同は頷いた。

「そのことに関して、これまでに大名屋敷に忍び込んだ盗人の報告はない。知っていた者はいるか」

みな一様に首を横に振った。

「となると、被害にあったお屋敷のほうで体面を重んじて黙っているか、あるいははじめての盗みだったか」

「いずれにしろ、盗人はこれからも盗みを続けることが考えられますね」

植村京之進が口にした。

「おそらくな。だが、もうひとつの可能性がある。盗人は最初からその書付が狙いだったということだ」

「その場合の目的はなんでしょうか」

別の同心がきいた。

「ふたつある。ひとつは、その書付をネタに差出人を強請《ゆす》ること。もうひとつは佐高家に波風を立たせること」

剣一郎は一同を見回し、

「だが、用人どのは盗人から何か動きがあったとは言っていなかったそうだ。したがって、佐高家に波風を立たせるという推測は除外してもよい」

「差出人を強請るとしたら、我らの気づかないうちに行われてしまいますね」

京之進が口元を歪《ゆが》めた。

「強請りを受けた差出人がそのことを奥方に訴え、奥方から用人どのに伝われば我らに知らされるかもしれぬが……」

剣一郎は厳しい表情で、

「いつどこでこの盗人と接するとも限らぬ。今の話を心に留めておいてもらいたい」

「はっ」

一同は頭を下げた。

同心たちが引き上げ、部屋に剣一郎と清左衛門が残った。

「青柳どの。最初から盗人の狙いが書付だったということはほんとうにあり得ようか」

「わかりません。ただ、考えられることを述べたまでです。もし、そうだとしたら、恋文のことを知っている人物が盗人に盗ませたということでしょう。それは数限られているはずです。奥方なら思い当たる者が浮かびましょう」

「念のために、用人どのにこのことを伝えておこう。では」

そう言い、清左衛門は腰を上げた。


剣一郎が八丁堀の屋敷に帰ると、太助が待っていた。

着替えてから、剣一郎は編笠をかぶり、太助とともに屋敷を出た。

京橋を渡り、木挽町にやって来た。

木挽橋の近くにある料理屋『川松』の門を入った。

編笠をとって土間に立つ。女将《おかみ》らしい色白の女が出てきた。

「これは青柳さま」

女将があわてて畏《かしこ》まった。

「少し、客のことできたいことがある」

「わかりました。ここではお客さまの目に留まりますので」

そう言い、女将は帳場《ちょうば》の脇にある小部屋に通した。

剣一郎と太助は女将と向かい合った。

「客の竹蔵のことだ」

「はい」

「竹蔵はよく来るのか」

「はい。最近は少なくなりましたが、一時は毎日のように」

「なぜ、そんなに頻繁《ひんぱん》に来るのだ？」

「女中のおみよが気に入ったようで」

「半年ほど前からここに来るようになったそうだが、竹蔵はどんな客だ？」

「眉毛が薄くて、なんだか無気味な感じのひとですが、お客さまですので」

「金はちゃんと払っていたのか」

「はい」

「竹蔵はこの辺りの地回りではないのか」

「はい。でも、客で来るようになってから、竹蔵さんから金をせびられたことはありません」

「おみよがいるからか」

「ええ」

「おみよは竹蔵のことをどう思っているのだ？」

「うまく接しているようです」

「今、おみよはいるか。呼んでもらいたい」

「はい。少々お待ちを」

女将が部屋を出て行った。

少し待たされたが、二十二歳ぐらいの目鼻だちの整った女がやってきた。おとなしそうな印象だ。

「みよです」

女将は引き合わせてから部屋を出て行った。

「女将から聞いたと思うが、竹蔵のことだ」

剣一郎は口にする。

「はい」

おみよの表情は変わらない。

「竹蔵はそなたがお気に入りのようだな」

「そのようですね」

おみよは含み笑いをした。

「一時は毎日のように来ていたそうだが」

「そうでした」

「ひとりでか」

「いつもひとりです」

「そなたの酌《しゃく》で酒を呑むのが楽しいのか。それとも、そなたを口説いているのか」

「俺の女になれと、いつも言われます」

おみよは冷笑を浮かべた。

「そなたはどう答えるのだ？」

「いつも適当に答えていたんですけど、最近は真面目な顔をして迫ってくるので、私はお金をためてお店を持ちたい。店を持たせてくれるのなら考えてもいいって言ったんです。そしたら、黙ってしまいました」

「黙ったというのは諦《あきら》めたということか」

「さあ、どうでしょうか」

「それはいつごろのことか」

「十日ほど前でした」

「もし、竹蔵が店を出すだけの金を稼いできたら、どうするつもりだ？」

「竹蔵さんにはそんなお金はありませんから」

見かけによらず、おみよは気が強そうだ。

「そなたを手に入れたいばかりに、悪いことをして金を作るかもしれないではないか」

「悪いことをして手に入れた金で、お店を持ちたいとは思いませんと言ってあります」

「そなたは竹蔵が怖くないのか」

「怖いですけど、弱みを見せたら、どんどんつけ込まれますから」

剣一郎は目を瞠《みは》った。

おとなしそうな見かけとは裏腹に、おみよは肝《きも》が据わっている。そんな勝気な気性がかえって男たちを魅了しているのかもしれない。

だが、竹蔵はかなりの乱暴者だという。なぜ、そんな竹蔵に対しても堂々と渡り合えるのか。

「そうか。ごくろうだった。女将を呼んでくれ」

剣一郎は声をかける。

「はい」

おみよは頭を下げて立ち上がった。

部屋を出て、すぐに女将が入ってきた。

「話を聞いたが、おみよは竹蔵を恐れていないようだ。なかなか芯の強そうな娘だが、竹蔵を恐れない何かがあるのか」

「そうですね、しいていえば……」

女将は間を置いてから、

「おみよを贔屓《ひいき》にしてくださる旦那さんがいるからでしょうか」

「誰だ？」

「『宝屋《たからや》』の旦那です」

「吉兵衛《きちべえ》か」

「はい、さようです」

吉兵衛は口入れ屋の主人だ。この界隈《かいわい》の顔役である。

「吉兵衛がおみよを気に入っているのか」

「おみよは旦那の娘さんと友達だそうです。それで、旦那はおみよを娘のように思っているようです」

「そのことは竹蔵も知っているのか」

「はい」

「なるほど。だから、竹蔵はおみよに対して無茶な振る舞いが出来ないわけか」

剣一郎は腑《ふ》に落ちた。

「邪魔をした」

腰を上げたあと、

「青柳さま」

と、女将が見上げてきいた。

「もし青柳さまに訊《たず》ねられたことを、竹蔵さんにきかれたらどうしたらいいでしょうか」

「正直に話してもらって構わない」

「わかりました」

剣一郎と太助は部屋を出た。

外はすっかり暗くなっていた。

八丁堀の屋敷に帰る道すがら、太助がきいた。

「竹蔵はおみよを諦めたのでしょうか」

「いや。吉兵衛という後ろ楯《だて》がある女だとわかっていて、おみよに近づいているのだ。よほどのご執心だ。おいそれと諦めることはないだろう」

剣一郎はそう言ってから、

「気になるのが半年前から竹蔵の羽振りがよくなったということだ。だから、『川松』に行き、おみよにも会えたのだ。竹蔵が何をしたのかが気になる」

剣一郎は、格太郎と平助の死について、道すがら太助に話した。

二

翌日の朝、羽織を着て茂助が出かけようとしたとき、剣一郎が土間に入ってきた。

「出かけるところか」

「へえ、でも急ぎませんので」

茂助は上がり框《かまち》に腰をおろし、

「どうぞ、お掛けください」

と、勧《すす》めた。

「いや、すぐ終わる話だ」

剣一郎はそう言い、すぐに本題に入った。

「市兵衛のことがわかった」

「さいですか」

茂助は身を乗り出した。

「市兵衛は七年前まで浅草花川戸で狆《ちん》の繁殖を生業《なりわい》にしていた」

「狆の繁殖ですかえ」

「十五年前は狆が高値で売れて、かなり稼いでいたようだ。そのときにそなたを助けたのだ。もっとも、市兵衛は自分が助けたとは認めてないが」

「なぜなんでしょうか」

茂助は不思議に思った。善行を施《ほどこ》したことを隠す意味がわからないのだ。

「狆を繁殖させるために、いろいろな薬を飲ませたりして子どもをたくさん産ませたそうだ。酷いこととわかっていながら、金儲けのために繁殖させた。そのことに後ろめたい思いがあったようだ」

「…………」

「これはわしの推測でしかないが、そなたを助けたのはシロが呼びに来たからだ。市兵衛の中では、そなたら家族というより、シロの主人一家を助けたのだ。そなたに用立てた六十両は狆に無理を強いて稼いだ金という思いが強かったのだろう。だから、市兵衛にしたら、そなたたちを心より助けたという思いになれないのではないか」

「そんな。あっしらを助けてくれたことは紛《まぎ》れもない事実です」

茂助は力を込めて言った。

「七年前、強引な繁殖のために市兵衛が売った狆に問題が生じたらしい。そのために廃業に追い込まれたということだ」

「そうなんですか」

「かみさんも無茶な繁殖を続ける市兵衛に愛想を尽かして出て行き、廃業になったあとは伜《せがれ》もどこかに行ってしまったそうだ。市兵衛には十五年前のことは苦い思い出に通じるのかもしれない」

「あっしに何か出来ることはありませんか」

「伜を探しているようなので、力になろうとしたが、そっとしておいて欲しいと、市兵衛は言っていた」

「………」

「だが、わしは勝手に市兵衛の伜を探してみるつもりだ。いちおう、市兵衛の事情はそなたにも伝えておこうと思ってな」

「へえ、ありがとうございます」

茂助は頭を下げた。

茂助は日本橋本石町にある紙問屋『美濃屋』を訪れた。大きな屋根看板がかかった間口の広い店だ。

内庭に面した部屋で、茂助は主人の功右衛門と向かい合った。鬢《びん》に白いものが目立つ。四角くえらの張った顔は温厚そうだ。

「どうしましたか」

功右衛門は顔色を読んだようにきいた。

「あっしのところに武士が訪ねてきました」

「武士……」

「その武士が出し抜けに、おきよのお腹の子の父親は誰だときいてきたのです。ほんとうに『美濃屋』の若旦那の子かと」

「なんですって」

功右衛門は顔色を変え、

「なんでそんなことを？」

と、きいた。

「功太郎には妻がいる。妻は夫がよその女に産ませる子を認めるのか。それが武士の言い分でした」

「ばかばかしい」

功右衛門は口元を歪めた。

「なんで、そんないやがらせを……」

「いやがらせとは思えません。武士は真剣な様子でした。旦那、どうなんですかえ。ほんとうに功太郎さんの子なんですかえ」

茂助は迫るようにきいた。

「茂助さん。まさか、その武士の言葉を真に受けているんじゃないでしょうね」

功右衛門が口調を改め、

「功太郎の子じゃなければ、どうして私どもがおきよさんの世話をしますか。入谷の寮で面倒を見ているのも功太郎の子だからですよ」

功右衛門は言ってから、

「もし、功太郎の子じゃなければ、おきよさんがそう言うんじゃありませんか。おきよさんから、それらしいことはきいていますか」

「いいえ」

「なにより、おきよさんの言うことを信じるべきではありませんか。それとも、おきよさんが嘘をついているような様子がありますか」

「いえ」

「そうでしょうよ」

功右衛門は笑みを漂わせた。

「その武士は、『美濃屋』さんが出入りをしているお屋敷のお侍さんではないかと思われます。『美濃屋』さんが出入りを許されている大名家とは丹後山辺藩佐高さま……」

「佐高家のご家中の方なら、私のところに直《じか》に来るはずです。茂助さんのところに顔を出したというのは『美濃屋』との付き合いがないからではないでしょうか」

「………」

そうとも言えないと思ったが、茂助は反論しても無駄のような気がして、

「若内儀《わかおかみ》さんは自分の亭主がよその女に産ませる子を認めているんですかえ」

と、別の問いかけをした。

「それは当初は苦しんだようです。でも」

「でも、なんですかえ」

「今は、ただ無事に子が生まれることを祈っています」

「ひょっとして、おきよが産んだ子を引き取るつもりではありませんか。おきよから子どもを取り上げようっていう……」

「茂助さん。そんなことは考えていません」

「じゃあ、子どもが生まれたあと、おきよはどうなるんですかえ」

「ちゃんと考えております。心配いりません」

「どうするつもりですかえ」

「おきよさんの望みどおりにするつもりです。もちろん、子どもといっしょに暮

らせるようにします」

「茂助さん。どうかご心配なさらないでください。今は丈夫な子が生まれるように皆で手助けしてやりましょう」

「……………」

「旦那。入谷の寮に下働きの男が三人おりました。みな若い男でした」

「ええ。あえて若い男を頼んだのです。万が一のことを考えましてね」

「万が一とは？」

「狼藉《ろうぜき》者とか盗人とか、何かしらの異変に備えて、若い男がいたほうが安心ですので」

功右衛門は茂助を説き伏せるように言う。

今ひとつ腑に落ちなかったが、茂助はそれ以上、口にすることは出来なかった。

「茂助さん。また、武士がやって来たら、『美濃屋』の若旦那の子だとはっきり伝えてください」

「あの武士はいったい何者でしょうか」

茂助はきいた。

「わかりません。何か大きな勘違いをしているのか、あるいは、金が狙いで混乱させようとしているのか……」

功右衛門は厳しい顔で、

「いずれにしろ、まともに相手をしてはいけません」

と、諭《さと》すように言った。

すっきりしなかったが、今は無事に子どもが生まれることが第一だ。そう自分に言い聞かせて、茂助は『美濃屋』をあとにした。

日本橋本石町から本八丁堀に帰ろうと思ったが、ふと市兵衛の顔が浮かんで、伊《い》勢町堀《せちょうぼり》から永代橋に向かった。

深川の万年町一丁目の『嘉田屋』の前にやって来た。

茂助は店番の若い男に声をかけた。

「離れにいる市兵衛さんにお会いしたいのですが」

「この前の……」

店番の男は茂助を覚えていたようだ。

「今は市兵衛さんはいらっしゃいますか」

また出かけているかもしれないと思いながら、茂助はきいた。

「さっき、出て行ったようです」

「そうですか」

「たぶん、閻魔堂に行ったんじゃないですか」

「深川の閻魔さまですか。今日は縁日か何か」

「いえ。市兵衛さんはよくお参りに行っていますから」

「そうですか。そこに行ってみます」

店番の若い男に礼を言い、『嘉田屋』をあとにして、茂助は寺の並んでいる通りを閻魔堂のある法乗院《ほうじょういん》に向かった。

法乗院に着いた。境内《けいだい》に入り、閻魔堂に向かいかけたとき、市兵衛らしき男が堂から出てくるのに出会った。

「市兵衛さん」

近づいてくるのを待って、茂助は声をかけた。

市兵衛は怪訝《けげん》そうな目を向けて立ち止まった。

「十五年前に恩誼《おんぎ》を受けた茂助にございます」

「ひと違いでしょう」

そっけなく言い、市兵衛は茂助の脇を行き過ぎようとした。

「市兵衛さん。私は恩人の顔を忘れたりしちゃいません」

茂助は市兵衛の前に回り込み、

「どうか、あっしの顔をよく見てください。師走の雪の降る夜、吾妻橋であなたさまに助けていただいた……」

「覚えちゃおりません」

「シロを覚えていらっしゃいますか」

「…………」

「あなたさまを呼びに行った犬です。シロも十五年経《た》っても恩人の匂いを忘れてはおりますまい。今度、シロを連れて参ります」

茂助はなんとか市兵衛の心を開こうとした。

「仮に」

市兵衛が口にした。

「助けた男があっしだったとしても、あっしは恩に感じてもらおうとは思っちゃいません。昔と今の自分はまったく別ですから」

そう言い、市兵衛は門に向かった。

やはり、狆を金儲けの道具にしてきたことが心の傷になっているのだろうか。

茂助は茫然と市兵衛を見送った。


昼過ぎに、茂助の仕事場に件《くだん》の武士がやって来た。

茂助は鉋《かんな》を使う手を休め、立ち上がって上がり框まで出た。

武士は近寄ってくるなり、

「先日の件、確かめてもらえたか」

と、いきなりきいた。

「お侍さま。どうか、きょうはどこのご家中か、教えてくださいませんか」

茂助は問いかけに答えずに口にした。

「それはご容赦《ようしゃ》願いたい」

「『美濃屋』さんが出入りをしているお屋敷ではありませんか」

「…………」

「そうなんですね」

「……違う」

否定するまで間があった。

「どうしても教えていただけないのですか」

「当家の名を出すのは憚《はばか》りがある」

「丹後山辺藩佐高さまでは？」

「なに」

武士はうろたえた。

「そうなんですね」

「違う。わしはそんなものではない」

武士はむきになって否定した。

「では、お名前は？」

「………」

「教えてもらえないのですかえ」

「私はただ、おきよどのの子の父親がほんとうに功太郎なのかを知りたいだけだ」

「なぜ、知りたいのですか」

「それは……」

「それより、おきよが功太郎さんの子を身籠もったと、どなたからきいたのですか」

「………」

「お侍さまの問いにお答えしましょう。父親は功太郎さんです。疑いを挟む余地はありません」

「なぜ、そう言い切れるのだ？　誰に確かめたのだ？」

「確かめるも何もありません」

「功太郎に直々にきいたか。あるいは功太郎の妻女に確かめたか」

「………」

「どうやら、『美濃屋』の主人に確かめただけのようだな。それでは、真実はわからぬ。『美濃屋』の功右衛門はある意味当事者だ。ほんとうのことを言うはずはない」

「『美濃屋』の旦那が当事者とはどういうことですかえ」

「では、はっきり言おう。おきよどのの子の父親はほんとうに功太郎なのか。たとえば、『美濃屋』の主人ということは考えられないのか」

「なんですって」

茂助は目を丸くした。背後で悲鳴のような声を上げたのはおときだ。

「そう考えれば、腑に落ちることもあろう。功太郎の妻がおきよに嫉妬《しっと》しないのも、入谷の寮を使わせてもらっているのも……」

茂助は武士の声が途中から耳に入らなくなっていた。

武士が何か言い残して引き上げて行ったようだが、茂助は胸が締めつけられるような苦痛と闘っていた。

三

その日の夕方、剣一郎は南伝馬町一丁目にある呉服問屋『三条屋』を訪れた。

広い間口で、店座敷も広々として大勢の奉公人がそれぞれ客の応対をしていた。剣一郎は店座敷の隅から上がり、隣にある部屋に通された。

待つほどのこともなく、主人の勘十郎《かんじゅうろう》がやって来た。五十歳ぐらいの、でっぷりした男で、顔も大きく頬《ほお》もたるんでいる。

「青柳さまが直々にお見えになるとは、いったい何事かと身が引き締まります」

余裕の笑みを浮かべて言う。

「直接に『三条屋』とは関係ないことなのだが、少し教えてもらいたい」

剣一郎は用件を切りだす。

「なんでしょうか」

「半年前、平助という男が人形町通りで古着屋をやっている格太郎を神田川にかかる和泉橋の近くで殺し、自分は本所回向院裏の雑木林の中で首を吊るという事件があった」

「はい、覚えております。同心の植村さまが事情を聞きに来られましたので」

「うむ。下手人の平助は一年前まで『三条屋』で番頭をしていたということだな」

「はい。うちで働いておりました」

「客のことで揉《も》めて辞めたそうだな」

「はい、お客さまに手を出したのです。それに、店の金も使い込んでいました。二十両ほどですが」

「奉行所には届けなかったのか」

「長年、奉公してくれた男ですから、縄付きにしてしまうのは忍びがたく思いまして。お客さまの件はおおっぴらにはならず、使い込んだお金も半分ちょっとは返してくれましたので」

「なるほど。一方、殺された格太郎だが、『狆小屋』の廃業後、人形町通りで古着屋をはじめたそうだが、『三条屋』から品物を仕入れていたのか」

「はい。うちが卸してやりました」

「格太郎とはどのように知り合った」

「格太郎は浅草花川戸にあった『狆小屋』という店で働いておりました。私はそこから狆を買ったことがあります。その縁で、格太郎を知っていました。その後、『狆小屋』が廃業になったとき、相談を受けました。それで古着屋を勧めたのです」

「なぜ、格太郎にそこまで？」

「狆のことでは世話になりましたので。それに、『狆小屋』では狆を繁殖させるためにかなり強引なことをしてきたと訴えたのです。自分の主人の悪行を世間に晒《さら》した。その勇気に惚《ほ》れ込みましてね」

「そのために、『狆小屋』に批判が殺到し、廃業に追い込まれたのだな」

「まさか、そこまでになるとは思いませんでした」

勘十郎は目を伏せた。

「格太郎には女房がいたようだが、知っているか」

「知っています。女房のおくにはうちで縫い子をしていた女です。格太郎は古着の仕入れのことで何度も通ううちに、おくにと親しくなったのです」

「いま、おくにはどうしているのだ？」

「長屋に一人で住んでいます」

「仕事は？」

「また、うちで縫い子をしています。通いではなく、自分の住まいで仕立てたのを届けてもらっています」

「そうか」

剣一郎は続けてきいた。

「『三条屋』を辞めたあとも平助と格太郎に付き合いがあったことを知っていたか」

「いえ、知りませんでした」

「格太郎は平助から金を借りていたようだ。格太郎の古着屋はうまくいっていなかったのか」

「確かに、商売は苦戦をしているようでした」

「『三条屋』を辞めて一年だ。その間、平助は働いていた様子はない。なぜ平助は金を持っていたのか」

「うちで働きながら貯めた金がそこそこあったのかもしれません」

「平助と親しくしていた奉公人はいるか」

「いません。私が平助との付き合いを禁じましたから。店の金を使い込んでいた男ですので。したがって、誰も付き合おうとはしなかったはずです」

「そうか」

「青柳さま。格太郎と平助のことで何か」

勘十郎が窺うようにきいた。

「いや、たいしたことではない。ただ、平助が格太郎を殺して首を括《くく》ったことが腑に落ちなかったのでな」

「腑に落ちないと仰《おつしや》いますと？」

「貸し借りでの揉め事で殺しにまで至ったことだ。ひょっとして、もっと別のわけがあったのではないかと気になった。格太郎を殺したことが首を括る理由かどうか」

「平助はあれで案外気の小さいところがありました。かっとなって格太郎を殺したものの、いずれ捕まると思い……」

「そういうことであろう」

剣一郎は応じてから、

「ところで、平助が客の女といい仲になったというが、その女はどこの誰だ？」

と、きいた。

「はい。小舟町《こぶなちょう》に住むおまきさんです」

「おまきはどういう女だ？」

「どなたかの世話になっているようです」

「妾《めかけ》か。で、どうしておまきと平助の関係がわかったのだ？」

「おまきさんが私に直談判にやって来たのです。番頭さんに言い寄られて困っているると。それで平助を問いつめたところ、関係を認めました」

「なるほど。ここを辞めたあと、平助とおまきの関係はどうなったのだ？」

「そこまで関知していませんが、もう手は切れていたと思います」

「わかった。邪魔をした」

剣一郎は立ち上がった。

それから、剣一郎は人形町通りの裏長屋に住む格太郎の女房おくにに会いに行っていた。

格太郎が殺されたあと、古着屋の店を閉め、おくには仕立ての仕事をしていると、勘十郎から聞いていた。

長屋木戸を入り、おくにの家の前に立った。

腰高障子《こしだかしょうじ》を開けて、

「邪魔をする」

と、剣一郎は声をかける。

「はい」

部屋で縫い物をしていた女が顔を向けた。三十前後の細面《ほそおもて》で、どことなく暗い感じだった。それは半年前に亭主を亡くしているという思いで見るからか。

剣一郎は土間に入り、

「わしは南町の青柳剣一郎と申す」

と、名乗った。

あわてておくには、上がり框まで出てきて畏まった。

「青柳さまで」

「格太郎の女房だったおくにだな」

剣一郎は確かめる。

「はい。さようでございます」

「ちょっと話がききたい」

「なんでございましょう」

「そなたは『三条屋』の縫い子だったのだな」

「はい」

「格太郎の古着屋はそれほど商売に苦戦していたのか」

「はい。『三条屋』さんから卸してもらっている古着は少し値が張るんです。表通りに出れば、大きな古着屋さんがあって、そこは安く売っているので、どうしてもお客さんはそっちに……」

おくにはため息をついた。

「平助を知っているな」

「はい」

「格太郎と平助は親しくしていたのか」

「はい。よく、ふたりで呑みに行ってました。だから、ふたりの間であのようなことが起こったとは信じられません」

「平助が格太郎を殺したことか」

「はい」

「格太郎は平助から金を借りていたのか」

「私は聞いていません。平助さんだってお店を辞めて一年経って、お金の余裕もなくなってきたはずです。うちのひとが平助さんからお金を借りていたというのはどうしても信じられません」

おくには厳しい顔で言う。

「そなたは平助が格太郎を殺して、自分も首を括ったということをどう思うか」

「私は納得がいきません」

「なにか、その根拠はないか」

「うちのひとは平助さんといっしょに何かをやろうとしていたんです」

「何かとは?」

「新しい商売だと思いますが、詳しいことはわかりません。でも、事件の前はふたりは頻繁に会っていたんです。お金のことで仲違《なかたが》いをするなんて考えられません。それも五両程度のことで」

おくには訴えるように言ったが、結果を覆《くつがえ》すような根拠にはほど遠かった。

「以前に働いていた『狆小屋』が廃業しなければならなくなったのは『三条屋』のせいだと、格太郎がもらしたことがあったそうだな」

「はい」

「どういう意味だ？」

「きましたけど、はっきり答えてくれませんでした」

「なぜ、そんな話になったのだ？」

「古着を『三条屋』さんから仕入れているけど、どうして『三条屋』さんはうちに卸してくれているのかときいたとき、『狆小屋』が廃業しなければならなくなったのは『三条屋』さんのせいだからだと言っていたのです。それで、仕事を失った自分に同情して応援してくれているのだと」

「七年前当時、そなたは『三条屋』の縫い子だったのだな」

「はい」

「当時、『三条屋』は狆を飼育していたのではないか」

「狆ですか。気付きませんでした。私たち縫い子の作業小屋は母家《おもや》と離れていたのですが犬の鳴き声を聞いたことはありません。内儀さんは猫が好きだったみたいで、猫はよく見かけましたが」

「そうか、猫か」

『狆小屋』の廃業に『三条屋』が絡《から》んでいる。狆を買ったというが、その狆に問題があって、そのことがきっかけで廃業に至った。

それで『三条屋』が同情して格太郎の支援をした。

「青柳さま」

おくにが厳しい顔を向けた。

「やっぱり、うちのひとが殺されたのは別の理由があったのですね。それで、もう一度調べを？」

「ところで、事件が起こる前、格太郎のところに誰かが訪ねてくることはなかったか」

「そういえば一度」

おくには思いだすようにこめかみに指を当てて、

「事件の数日前、若い男がやって来ました。うちのひとは、その若い男を部屋に上げず、いっしょに外に出て行きました。四半刻（三十分）足らずで帰ってきましたが、なんだか難しい顔をしていました」

「いくつぐらいだ？」

「二十二、三歳です。細身のすっきりした顔立ちでした」

市兵衛と揉めていた竹蔵ではなかった。

「竹蔵という男が訪ねてきたことはないか」

「いえ、私はわかりません」

「二十四、五歳で、中肉中背だ。眉毛の薄い無気味な感じの男だ」

「いえ」

「そうか。また、ききに来るかもしれぬ」

「はい、わかりました」

剣一郎は長屋を出た。

それから本所に向かった。

両国橋《りょうごくばし》を渡り、竪川《たてかわ》沿いにある相生町《あいおいちょう》一丁目にある長屋に行き、大家の家を訪ねた。

木戸の脇で鼻緒を売っている。店番をしている女に声をかけると、奥に向かって軽い声で呼んだ。

すぐに、四十年配の男が出てきた。

「青柳さまで」

剣一郎に気づいて、大家は会釈をした。

「半年前までこの長屋に住んでいた平助という男のことできききたい」

「はい、どんなことでしょうか」

「平助はどんな男だった？」

「はい。なかなか如才《じょさい》のない男でした。長屋の連中にも愛想はよかったです」

「仕事はしていなかったようだが」

「ええ。でも、毎朝出かけていました」

「どこに出かけていたかはわからないのか」

「はい」

「平助を訪ねてくる者はいたか」

「いえ、おりませんでした。回向院裏の雑木林の中で首を括ったとき、南町の植村さまがやって来て、長屋の連中からも話を聞いていましたが、平助を訪ねてくる者は格太郎というひとだけで、他にはいなかったようです」

「格太郎という男は何度かやって来ているのだな」

「はい」

「三十二、三歳で、細身のすっきりした顔立ちの男を見かけたことはないか」

「いえ」

「二十四、五歳で中肉中背、眉毛の薄い無気味な感じの男も？」

「私は見たことがありません」

「すまないが、あとで長屋の者にきいてみてもらいたい。平助の留守中に、その男たちがここにやってきたかどうか」

「わかりました」

大家は返事をしてから、

「青柳さま。今になって平助のことで何か」

と、不安そうにきいた。

「いや、平助のことではなく、さっき口にしたふたりの男のことを調べているのだ」

「そのふたりは平助と関わりがあったかもしれないのですね」

「そういうことだ」

剣一郎は言ってから、

「ところで、平助が首を括ったことをどう思ったか」

と、改めてきいた。

「驚きました。ひとを殺して自害するなんて、想像も出来ません」

「平助は他人から恨まれているようなことはなかったか」

「ありません」

「そうか。邪魔をした」

剣一郎は長屋を出てから回向院裏の雑木林に行ってみた。すぐ向こうに町家の屋根が見えるが、昼間でも薄暗かった。

平助が首を括ったと思われる樹の枝を見上げる。

果たして、そのときここにいたのは平助だけだったろうか。それとも、他にひとがいたのか。

竹蔵の羽振りが半年前からよくなったというだけで、平助と格太郎の死に疑いを抱いたわけではない。

両者に市兵衛が何らかの形で関わっているのだ。竹蔵に対しては倅市太郎のことで、格太郎は市兵衛の『狆小屋』の番頭であり、平助は『狆小屋』から狆を買いもとめた『三条屋』の番頭だ。

まだ、具体的に何がどうなっているのかわからない。しかし、剣一郎はこのまま捨てておけないと思っている。

「青柳さま」

背後から声がかかった。

振り向くと、さっき別れたばかりの大家だ。それに、後ろに小柄な年寄がいた。皺《しわ》の多い浅黒い顔で、六十近いかもしれない。

「よくここがわかったな」

「はい、この治作《じさく》がここではないかと勘を働かせてくれたんです」

大家は小柄な年寄を引き合わせた。

「あのあと、青柳さまが仰った男が訪ねてこなかったか、平助の隣に住んでいた治作に確かめに行ったんです。そしたら、治作が思いだしたことがあると言うので」

大家は治作に話すように言った。

治作は話したくてうずうずしていたようで、すぐに小さな口を開けた。

「平助の首吊り死体が見つかる前の晩のことです。五つ半（午後九時）ごろ、微《かす》かに戸の開く音がしたんです。平助が帰ってきたのかと思ったら、しばらくして今度は戸の閉まる音が聞こえました。また、平助は出かけて行ったのかと思いながら外に出たら、木戸に向かう中肉中背の男の背中が見えました。平助じゃありません」

「顔は見ていないのだな」

「へえ、後ろ姿だけです。すみません」

「いや、それだけでも上等だ。大いに助かる」

「青柳さま。あっしは平助がひとを殺したなんて信じられねえ。それ以上に、自分で首を括ったなんて」

「当時、そのことを同心か岡っ引きに話したか」

「へえ、岡っ引きの親分さんには話しました。でも、信用してもらえなかった」

「信用してもらえなかった？」

「じつは治作はほら吹きとっつあんっていうあだ名があるぐらい、大ぼらを吹いているんです。だから、治作の言うことはまともに受け止めてもらえなかった」

大家が言い添えた。

「私でさえ、あの当時は治作の今の話を聞き流していました。先ほど、青柳さまの話を聞いたあとで、もしやと思い、治作に話をききに行ったんです」

「そうか」

「青柳さま。あっしが見た男が絶対に平助を首吊りに見せかけて殺したに違いありません。どうか捕まえてください」

「平助がなぜ殺されなければならなかったか、想像がつくか」

「わかりませんが、たぶん女ですよ」

「女？」

「これ、治作。勝手なことを言うな」

大家が注意をした。

「いや、構わぬ。話してくれ」

「へえ、平助が毎日出かけて行くのは女に会いに行っていたんです。一度、平助にきいたら笑っていました」

「女に想像はつくか」

「いえ」

「治作、平助に女がいたら、どうして平助が死んだあと現われないんだ?」

大家が疑り深そうにきいた。

「冷たい女なんだ」

治作は呟《つぶや》くように言う。

「治作、そなたの考えは大いに役立った」

剣一郎が言うと、治作は照れたように笑った。

平助が『三条屋』を辞めさせられた理由である、客の女に手をつけたという主人の勘十郎の言葉を、剣一郎は思いだしていた。

四

茂助は酒を呷《あお》った。胸に張りついた重たいものがなかなかとれない。

「空《から》だ」

茂助は徳利《とっくり》を振った。

「もうおよしな」

おときが言う。

「呑まずにいられるか。おきよの子の父親が『美濃屋』の旦那だなんて……」

「まだ、そうだと決まったわけじゃないでしょう」

「だが、そう考えたほうがいろいろな点で腑に落ちるんだ。それに今まで気にしなかったが、内儀さんが出てこない。やはり、自分の亭主の子だから顔を出さないんだ」

茂助はまたも胸を掻《か》きむしりたくなった。

おきよは二十歳だ。『美濃屋』の旦那は父親の自分より年上だ。そんな男の子ども身籠もるなんて……。

「俺はおきよにちゃんとしたところに出しても恥ずかしくない娘になってもらいたかった。だから、行儀見習いに『美濃屋』に奉公させたんだ。『美濃屋』の旦那は尊敬出来るお方だと思っていたからだ。おきよが旦那に惚れるわけはない。旦那は立場を利用しておきよを無理やり……。

「でも、おきよの顔を思いだしてごらんなさいよ」

おときが口をはさんだ。

「おきよは仕合わせそうな顔をしていたわ」

「親の前で無理しているのだ」

「そんなことはないわ。ありのままの表情よ」

「………」

茂助は押し黙った。

「でも、この先、どうなるのかしら」

おときは不安を口にした。

「どこかに一軒家をあてがわれ、おきよは子どもといっしょに、たまにやってくる旦那を待つ。そんな暮らしがはじまるんだ」

茂助は思わず拳《こぶし》を握りしめた。

「もしかしたら、おきよは私たちのために……」

おときが言いさした。

「『美濃屋』の旦那は俺たちの面倒を見るから、自分の言うことをきけと……。俺たちのために、意に染まないことを我慢して……。それで俺たちが喜ぶとでも思っているのか。おきよは間違っている」

茂助は思わず大声を出した。

「こうなったら、おきよに確かめる。旦那の子か、若旦那の子か」

「だめよ」

「だめ？　なぜだ？」

「そんなことで騒いで、おきよを苦しめたら体によくないわ。お腹の子にも差し障《さわ》りがある。おきよを不安に追いやってはだめ」

「じゃあ、このまま生まれるまでじっとしていろと言うのか」

「そうよ。今はまず、元気な子を産んでもらうことが第一よ」

「旦那の子にしろ、若旦那の子にしろ、どっちにしたって面白くねえ」

「そんなこと言わないで。生まれてくる子がおきよの子だということは間違いないんだから」

「…………」

確かに、そうだ。生まれてくる子はおきよの子だ。自分たちの孫だということは間違いない。

「生まれてくる子は旦那にも若旦那にも渡さねえ。俺たちの孫だ」

「そうね、そう出来ればいいけど」

「旦那や若旦那のいいようにはさせねえ」

「でも、おきよがどう考えるかしら」

「なんだ、どういうことだ？」

「子どもにとって、『美濃屋』で暮らすのと、うちで暮らすのと、どっちがいいか」

「…………」

茂助は大きくため息をついた。

「俺が間違っていたんだ。職人の子としておきよを育てればよかった。なまじ、奉公に出さなければ……」

茂助は悔やんだ。

自分の跡を継ぐことが出来る弟子を婿《むこ》にする。それが望みだったのだ。奉公して行儀作法を教わる必要などなかった。

「おまえさん、あのお侍さん、なんで誰の子かを気にするのかしら」

おときがぽつりと言った。

「あの侍か」

そもそも、あの侍が持ち込んだ問題だ。

お腹の子の父親が『美濃屋』の旦那だとして、あの侍とどのように関係するのか。

「『美濃屋』が出入りをしている大名家とは丹後山辺藩佐高さまのところだ。あの侍は佐高さまのご家来かもしれない」

茂助は呟いたあと、

「なぜ、佐高さまのご家来が……」

と、首を傾《かし》げた。

「おまえさん、そもそも、なんであのお侍さんがおきよの子の父親を知っているのかしら。変だと思わない？」

「確かにおかしい。佐高家とはまったく関係ない話だ。侍が佐高家ではない別の武家のご家来だとしても、それは同じだ。関係ないはずだ」

「ひょっとして、『美濃屋』と佐高家の間で何かあるのかしら」

おときは眉根を寄せ、表情を曇《くも》らせた。

「おきよを問いつめても正直に話すまい。おきよは『美濃屋』の旦那の言いなりになっている。だが」

茂助は考えた末に、

「おきよのところに行ってみる」

「でも」

「心配ない。よけいなことは言わない。改めて、おきよの様子を見れば何かわかるかもしれない。俺ひとりでいい」

茂助はおときに言い聞かせた。

翌朝、茂助は入谷の寮を訪れた。

相変わらず、若い下働きの男が門の近くにいて箒《ほうき》を使っていた。茂助は近づいて声をかけた。

「ごくろうさま」

「へえ」

若い男は手をとめ、軽く頭を下げた。がっしりした体つきで、目つきの鋭い男だ。

「おまえさんのような若いひとが、どういうわけでここで下働きを？」

茂助は顔を見つめながらきく。

「いろいろありまして」

「いろいろ？」

「はい」

「他にも若いひとがいるが？」

「仕事がありますので」

男は軽く頭を下げて、また箒を使いだした。

茂助は離れて男を見つめていると、寮番の男が声をかけた。

「茂助さん、どうぞ」

はっと我に返り、茂助は寮番の男の案内で、おきよの部屋に行った。

「おとっつあん」

おきよが驚いたようにきく。

「近くまで仕事で来たので寄ってみた。すぐ帰る」

「そう」

「どうだ、具合は？」

茂助はおきよのお腹に目をやってきいた。

「ええ、だいじょうぶよ」

おきよは自分の腹をさすり、

「とても元気に育っているわ」

「それはよかった。功太郎さんはたまには来るのか」

茂助はきいた。

「……ええ」

返事まで間があった。

「『美濃屋』さんの旦那は？」

「いらっしゃるわ」

「内儀さんは?」

「内儀さん?」

「内儀さんは様子を見にこないのか」

「ええ……」

おきよは目を伏せて言う。

「よく来るのは旦那だけか」

茂助は呟くように言う。

「………」

おきよが不思議そうな目を向けた。

よほど、お腹の子の父親は誰だときこうとしたが、やっとの思いで喉の奥に呑み込んだ。茂助はおきよの視線から逃れるように顔を庭に向けた。

女中が茶をいれて持ってきてくれた。

「どうぞ」

「すまない。いつもおきよが世話になって……」

茂助は感謝をしてから湯呑みを摑《つか》んだ。

去っていく女中の姿を目で追いながら、

「あの女中は『美濃屋』さんの？」

「ええ、まあ」

おきよは曖昧《あいまい》に答えた。

茂助がさらにきこうとしたとき、

「シロは元気？」

と、おきよが口にした。

「ああ、元気だ」

「シロは年寄だから心配で」

「なあに、おきよの子どもを見るまでは元気でいるさ」

「それが心配なの」

「うむ？」

「よくあるでしょう。子どもが生まれると同時に、シロがあの世になんていやよ。この子はシロの生まれ変わりなんかじゃない。シロにはこの子が大きくなるまで元気でいて欲しいの」

「心配ない。シロだっておまえの子を楽しみにしているのだ。おまえの子も守ってやるつもりでいるさ」

「そうね」

おきよは微笑《ほほえ》んだ。

「ところで、おきよ。下働きの男が三人いるが、みな若い。それに、がっしりした体つきだ。あの者たちは『美濃屋』さんがどこかから探してきたようだが」

「さあ、詳しいことはわからない」

おきよは首を横に振った。

「旦那は万が一に備えてと言っていたが、何かそのようなことがあるのか」

「いえ、ないわ」

おきよは首を横に振った。

「じゃあ、そろそろ引き上げるとするか」

茂助は立ち上がった。

「おとっつあん、気をつけてね」

「うむ。おまえもな」

「ええ」

おきよは頷く。

決して暗い顔ではなかった。おときが言うように、仕合わせそうな顔だ。

茂助は寮の門を出た。

　空が暗くなってきた。雨が降り出す前に家に着こうと足を急がせた。

　ふいに目の前に人影が現われた。茂助はあっと声を上げた。例の武士だった。

「お侍さま」

「どうだ、子どもの父親がわかったか」

　武士は鋭い目つきできいた。

「お侍さまはなぜ、おきよの子どものことをそんなに気にするんですかえ。子の父親が誰であろうと、お侍さまには関わりないじゃありませんか」

「誰だかわかったのか」

　茂助の問いに答えず、武士はきいた。

「功太郎さんだろうが『美濃屋』の旦那だろうが、おきよの子には変わりありませんので、気にしていません」

　茂助は強気に言う。

「そうか」

　武士は顔をしかめた。

「お侍さまはやはり佐高家の……」

「寮には何人ぐらいの男がいる？」

「男？」

「そうだ。男だ」

「なぜ、そのようなことを？」

「屈強そうな男がいるな」

「三人います。用心のために、『美濃屋』の旦那が集めたそうです」

「武士ではないか」

「武士？」

茂助はあっと思った。

確かに、三人とも背筋が伸び、隙のない感じだった。武士と言われれば、そうかもしれない。

「『美濃屋』はどこからその者たちを集めたと言っていた」

「いえ、そのことは言っていません。言う必要もないでしょうから」

「変に思わないか」

「何がですか」

「侍三人を警護に当たらせている。少し厳重に過ぎないか」

「それは……」

武士は厳しい表情を崩さず、

「おきよの顔つきはどうだ？」

と、いきなり問いかけを変えた。

「顔つき？」

「きつい顔つきになっていないか」

「なぜ、そんなことを？」

「お腹の子は男か女か」

「お侍さま。いったい、何を調べているのですか」

「いや、もういい」

武士はきっぱりと言い、

「これ以上、そなたにきいても埒《らち》が明かぬ。もう、そなたの前には現われぬ。邪魔をした」

いきなり武士は踵《きびす》を返した。

「お待ちを」

茂助は声をかけたが、武士は振り返ることなく去って行った。

子どもの父親が功太郎か『美濃屋』の旦那か。いずれにしても、あの武士にとってそれが重大事だとは思えない。

何か無気味なものが間近に迫っているような不安が急激に押し寄せてきた。

いったん帰宅した茂助はおときに不安を口にし、青柳さまに相談しに行くと言い、夕方近くになって家を出た。

五

夕七つ（午後四時）に奉行所を出て、八丁堀の屋敷に向かったが、少し足を延ばし、剣一郎は日本橋小舟町にあるおまきという女の家を訪れた。

こじゃれた一軒家で、いかにも妾宅《しょうたく》のようだ。

格子戸を開け、

「ごめん」

と、剣一郎は声をかけた。

婆《ばあ》さんが出てきた。剣一郎の顔を見て、

「青柳さまですか」

と、先にきいた。

「そうだ。おまきはいるか」

「はい。少々お待ちください」

婆さんは奥に向かった。

しばらくして、二十五、六歳の瓜実顔《うりざねがお》で首の長い女が現われた。

「おまきか」

「はい」

「『三条屋』の番頭だった平助のことできききたい」

「一年前のことですよ」

「そなたは平助に言い寄られて困っていると、『三条屋』の主人に訴えたそうだが」

「そうです。あまりにもしつこいので言いつけました」

「付き合いはあったのか」

「いえ、ありませんよ。向こうが一方的に迫ってきたんです。何度もいやだと拒《こば》んだんですけど、いっこうにやめる気配がないので……」

「その後、平助とは？」

「一切会っていません」

「平助は半年前に死んだが、そのことは？」

「同心の旦那から聞きました」

京之進はやはりおまきにも事情をききに来たようだ。

「どう思った？」

「別に。私には縁のないひとですから」

おまきの様子から平助と付き合いがあった様子はなかった。

剣一郎はおまきの家を出た。


八丁堀の屋敷に帰ると、多恵が迎えに出て、

「茂助さんが相談したいことがあるとお待ちです」

と、伝えた。

市兵衛のことかと思いながら、着替えを済ませて客間に行った。

茂助が青い顔をして待っていた。

「お帰りをお待ちして申し訳ありません」

茂助は平伏した。

「なに、構わぬ」

剣一郎は促す。

「娘のおきよのことでございます」

「『美濃屋』の入谷の寮で過ごしているそうだが、おきよに何かあったのか」

「先日、お侍さんが訪ねてきて、おきよのお腹の子の父親は誰かときいてきました」

茂助はその侍が訪ねてきた三度のやりとりを話した。

「先日やって来たときは、『美濃屋』の旦那ではないかと言っていましたが、今日の昼間、入谷の寮の近くで会ったときは、そのことには触れず、入谷の寮の警護が厳重過ぎないかと」

「警護？」

「はい。下働きの男が三人おりますが、三人とも若く、屈強そうな男です。どうやら侍のようです。侍三人を警護に当たらせているのです」

「うむ」

剣一郎も不自然に思った。

「それから、おきよの身の回りの世話をしている女中たちも立ち居振る舞いがきびきびしているようなのです。やはり、武家屋敷に奉公していた女中ではないかと」

「なるほど」

剣一郎は腕組みをした。

「警護の侍も女中も、どこかの武家屋敷から遣《つか》わされたとも考えられるな」

「はい」

「それにしても、そなたを訪ねてきた侍は何者なのか」

剣一郎は腕組みを解き、

「『美濃屋』が親しくしているお武家はどなたかわかるか」

「はい。丹後山辺藩佐高さまの御用達《ごようたし》です」

「なに、丹後山辺藩佐高家だと」

剣一郎は思わず、声を上げた。

盗人に入られ、奥方の大事な書付が盗まれたのは丹後山辺藩佐高家だった。偶然のことか。それとも、書付のこととおきよのことは何か関わりがあるのか。

「今の話だけではは っきりとは言えぬが、そなたの言うように、おきよの子の父親は佐高家に関わりがありそうだ。それも、佐高家の重職にある者であろう」

「それなら、なぜ『美濃屋』の旦那は倅功太郎の子だと……」

「佐高家から頼まれたのであろう。『美濃屋』にしてみれば、ここで恩を売っておけば、この先何かと有利になると踏んだのであろう」

「だとしたら、なぜ親にも隠すんでしょうか」

「秘密がばれるのを恐れたのだ。案の定、秘密を探りに来た侍がいるではないか」

「秘密にしなければならなかったんですね」

「そうだろう。隠さねばならない事情があったのだ」

「そんな」

茂助は大きくため息をついた。

「『美濃屋』は佐高家との付き合いは長いのか」

剣一郎はきいた。

「あっしが『美濃屋』に出入りをするようになったのは十年前です。そのころはまだ出入りはしていなかったと思います」

「『美濃屋』には佐高家の家臣が出入りをしているのだな」

「はい、そのようです」

「そのとき、おきよを見初《みそ》めたのであろう」

「でも、いったいどんな人物なんでしょうか。おきよを見初めた侍というのは

……」

「それが家老《かろう》や他の重臣だろうが、そんなに秘密にしなければならないとは思えぬが」

剣一郎は首を傾げた。

「入谷の寮にいる警護の侍三人が佐高家から派遣されているとしたら、おきよを誰から守ろうとしているのか」

これは佐高家の内情を確かめなければわからない。

「佐高家のことを調べてみる。そなたは、今までどおり、『美濃屋』やおきよと接するのだ」

「わかりました」

茂助は頭を下げてから、

「市兵衛さんの伜は見つかったのでしょうか」

と、きいた。

「まだだ。市兵衛は伜のことを何も語ろうとしない。それは頑《かたく》なほどだ。おそらく、伜の市太郎が悪い道に入っているかもしれないという恐れがあるのだろう。この件も調べているから安心するがよい」

「ありがとうございます。市兵衛さんは命の恩人ですから、あっしがなんとかして差し上げたいのですが。青柳さまにお縋《すが》りして、その上、娘のことまで、申し訳ありません」

茂助は何度も深々と頭を下げて引き上げて行った。

夕餉《ゆうげ》をとったあと、剣一郎は改めておきよのことに思いを馳《は》せた。

警護の侍をつけるほどだから相手は相当な大物だ。茂助には重臣ではないかと言ったが、家老並の者だったとしても隠さねばならないほどのことはあるまい。それに、警護の者をつけているのは何者かに狙われる可能性があるからだ。家老以上の人物だったとして、その者と情を通じた女がなぜ狙われなくてはならないのか。

そう考えたとき、おきよの相手はもっと上の者ではないか。つまり、藩主か若君だ。佐高家に年頃の若君がいるかどうかはわからないが、藩主か若君の可能性は高い。

庭先にひとの気配がした。剣一郎は立ち上がって障子を開けた。

太助が立っていた。

「上がれ」

「へい」

濡縁《ぬれえん》から、太助は上がってきた。

「何かわかったか」

剣一郎は太助の顔色から何か摑んできたことを確信した。

「へい。まず竹蔵の仲間ですが、長身で顔が長い金助のほかに、もうひとり、熊《くま》蔵《ぞう》という体の大きな男がいます」

「竹蔵、金助、熊蔵か」

「それから思いがけないことが……」

「どうしたのだ？」

「竹蔵らの影が平助、格太郎の近くでも見られたようなんです」

「どういうことだ？」

「はい。やつらは平助や格太郎とはもともとは面識はなかったようですが、事件の数日前に格太郎の古着屋の近くにこの三人が現われていました」

「半年前のことを覚えていた者がいたか」

「へえ。古着屋の向かいにある絵草紙屋の亭主です。三人は絵草紙屋の店先で絵草紙を見ながら、古着屋のほうをちらちら見ていたそうです。変な客だと思ったので印象に残っていたとのこと。三人の男の特徴を言ったら、間違いないと言ってました」

「そうか。よく話してくれたものだ」

「あっしもその店でときどき絵草紙を買うので、顔なじみになっていました。なにしろ、近所ですから」

「なるほど」

太助は長谷川町《はせがわちょう》に住んでいて、古着屋と絵草紙屋には近い。

「平助の長屋には竹蔵らしき男が現われているんですから、この三人が平助と格太郎の死に何か関わっているのは間違いないと思います」

「竹蔵が急に羽振りがよくなったのはそのせいだろう」

剣一郎はこの三人が平助と格太郎を殺したに違いないと思った。だが、証《あかし》があるわけではないので、三人を問いつめることは出来ない。

「問題は誰に頼まれたかだ」

「平助と格太郎はふたりとも金に困っていたようです。そのあたりに何かありそうですが」

「気になるのが、『三条屋』だ。平助は死ぬ半年前に『三条屋』を辞めさせられており、格太郎は七年前まで花川戸で狆の繁殖をしている『狆小屋』で働いていた。『狆小屋』が廃業に追い込まれたのは『三条屋』のせいらしい」

「ふたりは『三条屋』から金を奪おうとしていたんでしょうか。『三条屋』と竹蔵たちに繋《つな》がりがあるか、調べてみます」

「うむ。頼んだ」

「平助の女のほうはどうだったのですか」

「『三条屋』の主人が言っていた女は、平助との関係を否定している。女が嘘をついているのかどうかわからない」

「そうですか」

「飯は食ったか」

「いえ、まだです」

「では、食べてこい」

「へえ」

太助が答えたとき、多恵が部屋に入ってきた。

「太助さん、夕餉の支度が出来ていますから食べてきなさい」

「へい、いただきます」

太助は元気に立ち上がった。


翌朝、剣一郎は出仕してすぐに宇野清左衛門に会いに行った。

「宇野さま。よろしいでしょうか」

剣一郎は声をかける。

「うむ」

清左衛門は振り向いた。

「佐高家について、少しお訊ねしたいのですが」

「何か」

「藩主は越後守忠元さまでございますね。お幾つでございましょうか」

「確か四十七、八歳ではないか」

「奥方は？」

「今の奥方は後添《のちぞ》いだ。たいそう寵愛《ちょうあい》しているらしい。前妻は病死された」

「嫡子《ちゃくし》は？」

「前妻の子の矢之助《やのすけ》君だ。二十二歳と聞いている」

「矢之助君に正室は？」

「まだ、独り身だ。だが、近々正室を迎えるようだ」

「そうですか」

おきよの相手が矢之助だとしたら……。

「越後守さまと今の奥方の間にお子は？」

「男の子がいる。今は八歳ぐらいであろう」

清左衛門は答えてから、

「それが何か、盗人の件と関わりがあるのか」

と、訝げにきいた。

「いえ、そうではありません。それから、もうひとつ」

剣一郎はさらにきいた。

「かつて佐高家でお世継ぎのことで揉めたことがあったかどうか、耳にされたことはありませんか」

「いや、ない」

清左衛門は言ってから、

「待てよ」

と、顎《あご》に手を当てた。

「一時、不穏な噂があった。詳しいことはわからぬが」

「いつごろのことですか」

「何年前になるか」

清左衛門は首を傾げ、

「十年にはなっていない。七、八年か。うむ、七年前かもしれぬ」

「七年前ですって」

剣一郎は思わず声を高めた。

「七年前に何かあったのか」

清左衛門は不思議そうにきいた。

「七年前に、狆の繁殖をしていた『狆小屋』が不祥事のために廃業に追い込まれました」

「それが佐高家と関係があるのか」

「狆です」

「狆？　どういうことだ？」

「申し訳ありません。このことはあくまでも想像でしかありませんので、もう少し確証を得るまでお待ちください」

「そうか。だが、青柳どのが疑問を呈したことは、必ずそのとおりになっている。今度のことも青柳どのの懸念は外れてはいないと思うが」

「恐れ入ります」

剣一郎は頭を下げた。

「それから、半年前に京之進が調べた事件について、今になって疑問が出て参りました」

「なに」

清左衛門は険しい表情になって、

「どういうことだ？」

と、きいた。

剣一郎は、平助と格太郎のことを話した。

「平助が格太郎を殺したあと自ら首を括ったのです。状況を見たら、京之進がそう考えるのも無理はありません。ところが、ふたりは七年前の『狆小屋』の廃業に何らかの形で関わっているのです」

「佐高家もか」

「おそらく狆が関係しているのではないかと。これ以上は、私の勝手な憶測になってしまいます。京之進に改めて探索をさせたいのですが」

「もちろんだ」

「何かわかったら改めてご報告をいたします」

「わかった」

清左衛門は厳しい顔で頷いた。

「では、失礼いたします」

剣一郎は下がったあと、京之進を呼んだ。幸いにまだ町廻りに出かけていなかった。

京之進が与力部屋にやって来た。

「平助と格太郎の件だが、じつはいくつか疑問が生じた」

剣一郎はこれまでの経緯をつぶさに話した。

京之進は困惑の表情で聞き終えてから、

「私の取調べに不備が……」

と、唇を嚙《か》んだ。

「いや、当時はそれ以上のことを探るのは難しかった。半年経って、平助と格太郎の周辺にいた者たちが動きだしたことで疑惑が浮上したのだ。改めて、事件を調べ直すのだ。まず、竹蔵たちだ」

「畏まりました」

「それから、格太郎の妻のおくにの話では、事件が起こる前、格太郎を二十二、三歳の細身のすっきりした顔立ちの男が訪ねている。この男のことも調べるのだ」

「わかりました」

京之進は声を震わせて応じた。

何かが起ころうとしている。剣一郎はひたひたと迫ってくる敵の正体を見つめるように虚空《こくう》を睨《にら》んだ。

第三章　七年前の真相

一

深川の万年町一丁目の『嘉田屋』の離れで、剣一郎は市兵衛と会った。

「そなたは、そっとしておいて欲しいようであったが、じつはそうもいかないことがあり、そなたに訊《たず》ねたいことが出来た」

剣一郎は切りだした。

「七年前、『狆《ちん》小屋』が廃業に追い込まれるきっかけになったのが呉服問屋『三条屋』に売った狆だということだな」

「それはきっかけに過ぎず、狆を虐待していたことに気づいて廃業を決意したのです」

「『三条屋』に渡った狆がどうしたのだ？」

「まだ生後半年でしたが、急に死んでしまったんです」

「原因はわかったのか」

「いえ。ただ、無理な繁殖をさせ、その上に生まれた子でしたから、生まれつき病気を持っていたのでしょう」

「狆の死体を見たのか」

「はい。『三条屋』さんから返ってきました。狆の死体を見たとき、私は自分が酷《ひど》いことをしていたと改めて気づかされたのです。その頃、格太郎が子どもを産ませるために酷いことをしていると吹聴《ふいちょう》していましたが、狆の死体を見て廃業を決意したんです」

「狆は『三条屋』が飼っていたのか」

「いえ、ある大名家に献上したそうです。その狆がすぐに死んでしまったので、『三条屋』さんも面目《めんもく》を潰《つぶ》され、憤《いきどお》りを私に向けたのでしょう」

「『三条屋』はそなたに怒りをぶつけたのか」

「はい。無理もありません。献上された側からしたら、欠陥のある物を贈られたわけですから、『三条屋』さんはかなり叱責《しっせき》されたと思います」

市兵衛はときおり苦しそうな顔をした。

「献上した大名家はどこか知っているか」

「丹後山辺藩佐高家だそうです。当時、『三条屋』さんは佐高家に出入り出来るように熱心に働きかけをしていたようです。奥方さまが狆を欲しがっていたというので、私のところに狆を求めてやって来たのです」

「やはり、佐高家か」

もはや偶然で片づけられまい。紙問屋『美濃屋』も佐高家に出入りをしている。茂助の娘のおきよは『美濃屋』を介して佐高家と関わりがあるのであろう。

「犬医者をやっていたそうだが、狆の死因を調べたのか」

「いえ、可哀そうに、病気を持ったまま生まれてきてしまったのでしょう」

「他に売った狆にも急死した例はあるのか」

「死ぬまでには至りませんが、体が弱かったり、片目が見えない狆も生まれました。私の繁殖の仕方が間違っていたのです」

「どのようにして死んだかきいたか」

「それまで元気に遊んでいたのに、突然口から泡を吹いて倒れたそうです」

「そなたは、狆が死んだのは最初から自分のせいだと思ったのだな」

「はい」

「飼う側に問題があったとは思わなかったか」

「いえ」

市兵衛は首を横に振り、

「なぜ、飼う側に問題がなかったと？　何か食べさせてはいけないものを与えてしまったということも考えられるではないか」

「それはないと思います。それに食べさせてはいけないものを食べたとしても、急に死ぬことはありません。毒でも飲まない限り」

「毒……」

剣一郎は市兵衛を睨《にら》みつけるように見つめ、

「死体を見て、毒を飲んだとは考えなかったか」

「死んで何日も経《た》って、私のもとに帰ってきましたから毒を飲んだかわかりません。でも、そんなことは考えもしませんでした」

「今考えてみてどうだ？　元気に遊んでいた狆が突然口から泡を吹いて倒れたら」

「…………」

市兵衛は額《ひたい》に皺《しわ》を寄せて考え込んでいたが、

「石見銀山《いわみぎんざん》の鼠《ねずみ》取りの薬を誤って飲んでしまったのでしょうか。でも、奥方の部屋に鼠取りの薬などあるでしょうか」

と、疑問を口にした。

「鼠取りの薬ではない。だが、狆は毒を飲まされたのかもしれない」

「誰がなぜ狆に毒を」

市兵衛は唖然《あぜん》としてきいた。

「これは調べてみないとわからぬ。もし毒だとしたら、狆が毒で死んだことを覆《おお》い隠すために、そなたの繁殖のやり方を激しく非難したのかもしれない」

「………」

市兵衛が恐ろしい形相で何か呟《つぶや》いたが、声にならなかった。

「どうした?」

剣一郎は訝《いぶか》ってきいた。

「じつは『三条屋』さんの旦那から呼びつけられて、狆が死んだことで謝罪をさせられたのです。その場に、佐高家のご用人さまと三十歳ぐらいの武士がいらっしゃいました。奥方さまにお詫《わ》びをするならまだわかるのですが、三十歳ぐらいの武士がなぜしゃしゃり出てくるのかと不思議に思ったことがあります」

「『三条屋』に狆を売るとき、佐高家に献上すると聞いていたのか」

「いえ、聞いていません。あくまでも『三条屋』さんに売りました」

「で、用人といっしょにいた侍は誰か、名を聞いているか」

「いえ」

「佐高家の者だというのは間違いないのか」

「ええ、ご用人さまといっしょでしたから」

剣一郎はある考えが頭に浮かんだ。

七年前、佐高家で毒殺事件がおきようとしていたのではないか。何者かがある人物を毒殺しようとしていた。だが、その毒を狆が誤って飲んでしまった……。毒殺を図ったものは毒を盛ったことを隠すために、狆の死を生まれつきの病気のせいだとした。『三条屋』の主人勘十郎はそのことに加担し、平助を使って市兵衛の『狆小屋』を非難したのではないか。

格太郎も市兵衛を裏切って、勘十郎に味方をした。それによって、格太郎は小《こ》商《あきな》いの店を持たせてもらったのだ。

一年前に平助は不祥事を起こし、『三条屋』を辞めさせられた。格太郎の商いも思わしくない。

そこでふたりはあることを企《たくら》んだのではないか。つまり、『三条屋』を介して佐高家の誰かを脅《おど》すことだ。七年前の狆の死の真相を上屋敷の者たちに知られたくなければ金を出せと。

そのためにふたりは殺された……。

想像でしかないが、大まかには間違っていないように思えた。もちろん、誰が誰を殺そうとしていたかはわからない。

だが、狙われたのは狆を飼っていた者だ。奥方か。七年前には、すでに後添《のちぞ》いとなっていた今の奥方である可能性は高い。

では、誰が毒を盛ったか。

そのとき、あっと思った。今の奥方には八歳の男の子がいる。つまり、毒殺騒ぎがあったとき、奥方は身重ではなかったのか。

そう考えると、毒殺する側を推《お》し量《はか》ることが出来る。

「ところで、平助が格太郎を殺して自害したとされている半年前の事件だが」

「あっしには関わりないことです」

「しかし、ふたりとも七年前の騒ぎに関係しているようだ」

「過ぎたことですから」

市兵衛はそっけなく言う。

「そなたは伜《せがれ》市太郎を無理して探そうとしているわけではないと言っていたな」

「はい」

「ひょっとして、そなたは市太郎がふたりが死んだことに関わっていると思っているのではないか」

市兵衛が顔色を変えた。

「どうなんだ?」

「そんなことはありえません」

「そなたは格太郎を殺したのは平助の仕業《しわざ》だと思っているのか」

「わかりません」

「事件の起こる数日前、二十二、三歳の細身のすっきりした顔立ちの男が格太郎を訪ねている。市太郎ではないのか」

「…………」

「市兵衛。そなたは市太郎を救いたいのではないのか」

市兵衛は顔を上げた。

「半年前、市太郎が突然、私のところにやって来たんです。七年前、『三条屋』さんで詫びをしたときにご用人さまといっしょにいた武士の名を覚えていないかときいてきました」

「市太郎が？」

「はい。なぜ、そんなことをきくのだと言うと、言葉を濁《にご》していましたが、格太郎から頼まれたのだと思いました」

「市太郎は格太郎と会っていたのか」

「人形町通りで古着屋をやっていることを知っていました。偶然に出会ったのか、あるいは格太郎が市太郎を探し出したのかわかりませんが」

「で、市太郎には何と答えたのだ？」

「名は聞いていないが、厳《いか》めしい顔をした、その当時三十歳ぐらいの侍だったと言うと、市太郎はそのまま引き上げて行ってしまったんです」

市兵衛は吐息《といき》をつき、

「それから半月後に、平助と格太郎が死んだんです」

「なるほど。それで、市太郎がふたりの死に関わっているかもしれないと思ったのだな」

「はい」

「そなたは平助と格太郎は殺されたと思っているのか」

「はい」

「どうして、そう思ったのだ？」

「おそらく市太郎は武士が誰かをつきとめ、平助と格太郎はその武士に近づいたために殺されたのではないかと……」

「市太郎は平助と格太郎の仲間のようではないか。だとしたら、市太郎も命を狙われるのではないか」

「はい。最初はそう思いました。でも、市太郎が死んだという知らせはないどころか、竹蔵という男といっしょにいるらしいことがわかったんです。市太郎が無事でいるのは、平助と格太郎を殺した側の仲間だからではないかと……」

市兵衛は深刻そうに顔を歪《ゆが》めた。

「つまり、そなたは竹蔵たちが平助と格太郎を殺したと思っているのか」

「竹蔵たちは頼まれればひと殺しも平気でやる連中だと聞きました。その竹蔵の仲間になっているんです、市太郎は」

「だから、わしに市太郎の探索をさせたくなかったのだな」

「はい。場合によってはお縄になるかもしれないと」

「しかし、そうだとしたら、早く市太郎を竹蔵から引き離さないと、新たな罪を重ねてしまうことになり兼ねない」

「………」

市兵衛は顔を青ざめさせた。

「よいか。市太郎のことはわしらに任せるのだ」

「はい、お願いいたします。どうか、市太郎を助けてください」

市兵衛は窶《やつ》れた顔で訴えるように言った。

剣一郎は万年町一丁目から永代橋を渡って南伝馬町一丁目に向かった。

剣一郎は南伝馬町一丁目にある呉服問屋『三条屋』を訪れ、店座敷の隣にある部屋で主人の勘十郎と差し向かいになった。でっぷりした男だ。たるんだ頬《ほお》を震わせている。

「七年前のことだが」

剣一郎はいきなり切りだした。

「市兵衛のところから狆を買い求め、その狆をどこかに献上したそうだが、どこだ」

「それが何か」

「うむ、ちょっと必要があって知りたいのだ」

「丹後山辺藩佐高さまです」

「なぜ、佐高家に？」

「出入りをさせていただきたいので、ご挨拶《あいさつ》に。奥方さまが狆を欲しがっているとお耳にしましたので」

「奥方にか」

「藩主の越後守さまは若い奥方さまに夢中だとお聞きしまして」

「誰から聞いたのだ？」

「ご用人さまです」

「津野紋兵衛どのか」

「はい、ご存じでいらっしゃいますか」

「いや、面識はない」

津野紋兵衛は盗人《ぬすっと》に大事な書付《かきつけ》を盗まれたと宇野清左衛門に助けを求めにきた武士だ。

「で、狆が死んだと誰から聞いたのだ？」

「津野さまです」

「狆の繁殖に問題があったということで、市兵衛は佐高家のどなたかに直《じか》に謝ったと話していたが、ほんとうか」

「はい」

「どなただ？」

「奥方さま付きの丸尾又四郎《まるおまたしろう》さまです」

「なぜ、その丸尾どのに？」

「丸尾さまは、奥方さまの実家のお屋敷から遣《つか》わされた方です」

「実家から遣わされた？」

「佐高家の後添いになるにあたり、実家から女中三人と丸尾さまが佐高家に入ったそうです」

「丸尾どのに詫びを入れたことは奥方に詫びたと同じ意味だということか」

「そうだと思います」

「その後、佐高家の出入りは？」

「おかげさまで許されております」

勘十郎は答えてから、

「青柳さま。そのことが何か」

と、窺《うかが》うようにきいた。

「念のためだ」

「念のため？」

勘十郎は訝しげにきいた。

「献上の狆だが、奥方が飼っていたのだな」

「はい」

「その頃、奥方は身重ではなかったか」

「さようで」

勘十郎は素直に認めた。

「先妻の子の矢之助君がいらっしゃるな」

「はい」

「世嗣《せいし》は矢之助君と決まっていたのだな」

「そうだと思いますが、私には詳しいことはわかりません」

「番頭だった平助は、市兵衛がご用人どのと丸尾又四郎どのに詫びたことを知っていたのだな」

「はい」

「平助はご用人どのといっしょにいた武士が誰だか知っていたのか」

「いえ、名は知らないはずです」

勘十郎は用心深そうに答える。

「ところで、そなたは藩主や奥方に会ったことはあるのか」

「はい。酒宴の席にお招きいただいたときに」

「酒宴？」

「下屋敷での月見の会にお招きを受けます」

「そのようなとき、他の御用達《ごようたし》商人も招かれるのか」

「はい。もちろん、その折は祝儀をお持ちいたしますが」

「酒宴の準備を手伝うこともあるのか」

「ございます」

「女中を手伝いにいかせることも？」

「はい」

「なるほどな」

剣一郎は合点《がてん》した。

「邪魔をした」

剣一郎は立ち上がった。

少し見えてきたことがある。剣一郎はいったん奉行所に戻った。

二

暮六つ（午後六時）の鐘が鳴りはじめた。陽《ひ》は落ち、辺りは暗くなり、町の灯が輝きだしている。

剣一郎は太助の案内で三十間堀町《さんじつけんぼりちょう》の長屋に竹蔵を訪ねたが、留守だった。そこで、竹蔵がいつも行っている呑み屋に向かった。

三十間堀にかかる紀伊国橋《きのくにばし》の近くにある呑み屋の前に立った。太助が暖簾《のれん》をかき分けて中を覗《のぞ》いた。

「竹蔵がいます」

剣一郎も店の中を見た。小上がりでこっちに顔を向け、胡座《あぐら》をかいて酒を呑んでいるのが竹蔵だ。眉毛が薄く、無気味な感じの男だ。

「誰かを待っているんでしょうね」

「竹蔵の仲間はいないようだな」

他に何人か客がいるが、竹蔵を気にしていない。

「どうしますかえ」

太助がきいた。

「わしが竹蔵の感触を探ってみる」

剣一郎はさらに、

「待ち合わせの相手がやって来るかもしれぬが、わしに気づいたら引き返すだろう。そいつの後をつけろ」

「わかりました」

剣一郎は編笠をとって暖簾をくぐった。

まっすぐ、竹蔵のそばに向かう。

竹蔵が顔を上げた。薄い眉がぴくりと動いた。

「いいか」

剣一郎は刀をはずして竹蔵の前に腰を下ろした。

「青柳さま……なんですかえ。あっしが何かしたって言うんですかえ」

竹蔵は顔をしかめた。

「そう先走るな」

剣一郎はたしなめ、

「そなたにききたいことがある」

小女《こおんな》がやって来た。

「すまない。すぐ引き上げるから」

「はい」

小女が去ってから、

「市太郎はどこにいる」

と、剣一郎はきいた。

「そんな男、知りませんぜ」

竹蔵はとぼけた。

「そなたといっしょにいるところを見た者がいる」

「ひと違いじゃありませんか」

竹蔵はふてぶてしく答える。

「そうか。では、平助と格太郎を知っているな」

「さあ、誰ですかえ？」

竹蔵の顔色が変わった。

「忘れたか。平助の首吊り死体が見つかる前の晩、そなたは相生町一丁目の長屋に行っているではないか。なにしに行ったのだ？」

「………」

竹蔵は口を半開きにした。

「どうなんだ？」

「あっしには何のことだか……」

「とぼけるのか」

「知らないから知らないと言っているんです」

「半年前からかなり羽振りがよくなったそうではないか。その頃から、料理屋の『川松』に行きだしている。いったい、何でそんなに儲《もう》けたのだ？」

「博打《ばくち》ですよ」

「博打で大勝ちしたのか」

「へえ」

「どこの賭場《とば》だ？」

「勘弁してくださいな。喋《しやべ》ったら出入り出来なくなってしまいますぜ」

「それでは博打で勝ったかどうかわからないではないか」

「信じてもらうしかありません」

竹蔵の目が戸口に向いた。目顔《めがお》で合図を送った。

「誰かきたのか」

剣一郎は振り返った。

暖簾が揺れていた。

「わしがいたので引き上げてしまったようだな。誰だ?」

「あっしは今夜はひとりですよ」

竹蔵は猪口《ちょこ》を摑《つか》んだが、口に運ぶ途中で空《から》だと気づいて戻した。

「改めてきくが、格太郎という男を知っているな」

「知りませんよ」

「人形町通りで古着屋をやっていた。半年前、その向かいにある絵草紙屋から様子を窺っていたそうではないか」

「ひと違いじゃありませんか。あっしには心当たりはありません」

「そうか。どうやら、そなたによく似た男がいるようだな。その男が市太郎と連れ立って出かけたり、平助の長屋に行ったり、格太郎の店を見張っていたりしたものと思える」

「…………」

「奉行所の調べでは、平助が格太郎を殺し、その後に首を括《くく》ったということになっているが、今になってその見方に疑問が出てきた。ふたりは、そのように装《よそお》われて殺されたのだ。それで、調べている」

「あっしは関わりありませんぜ」

竹蔵の声は微《かす》かに震えを帯びていた。

「そなたに仲間がふたりいる。長身で顔が長い男が金助、体の大きな男が熊蔵だったな。いつも三人でつるんでいるのか」

「ひょっとして、青柳さまはあっしらが平助と格太郎を殺したと思っているんですかえ」

「違うのか」

「冗談じゃありませんぜ。その証《あかし》があるんですか。あるなら見せてくださいな」

「証はない」

「そうでしょうとも。証がないのは当たり前でさ。あっしらが殺《や》ったんじゃありませんからね」

竹蔵はふてぶてしく言う。

「今はないだけだ。いずれ見つかるだろう」

「………」

「ところで、金助と熊蔵の住まいを教えてもらえるか」

「知りません」

「仲間の住まいを知らないのか」

「仲間っていったって、そんなに親しいわけじゃありませんから」

「連絡をとるときはどうするのだ？」

「連絡なんてとりません。この近辺の呑み屋のどこかで顔を合わせるでしょうから」

「そうか。最後に、もうひとつききたい。南伝馬町一丁目にある呉服問屋『三条屋』の主人勘十郎を知っているか」

「知りませんね」

竹蔵は首を横に振った。

「ついでにもうひとつ」

「今度でほんとうに最後ですぜ」

「そなたは、『川松』のおみよという女中に入れ揚げているようだな」

「どうしてそんなことを？」

「どうなんだ？　一時は熱を上げていたが、今は諦《あきら》めたのか」

「…………」

「諦めるわけはないか。わかった」

剣一郎は腰を上げた。

「また、ききに来るかもしれぬ。邪魔をした」

そう言い、剣一郎は呑み屋を出た。


太助の姿はなかった。さっき現われた人物のあとをつけて行ったのだろう。

剣一郎は紀伊国橋の袂《たもと》にある柳の陰に佇《たたず》んだ。あれだけ脅したのだ。竹蔵はかなり動揺しているに違いない。

四半刻（三十分）ほど待って、太助が戻ってきた。

「どうであった？」

剣一郎はきいた。

「戸口であわてて引き返した男のあとをつけました。三十歳ぐらいのいかつい顔の男でした」

「新たな男か」

「はい。それが尾張町にある『宝屋』に入って行きました」

「なに、口入れ屋の『宝屋』か」

「そうです」

主人の吉兵衛はこの界隈《かいわい》の顔役だ。

「で、店の者にきいてみました。男は番頭の伊佐治《いさじ》だそうです」

「伊佐治と竹蔵は知り合いなのか。それとも、『川松』のおみよのことで、伊佐治に相談をしているのか」

吉兵衛はおみよを自分の娘のように思っているようだ。おみよを手に入れるためには吉兵衛の覚えをめでたくしておかねばならない。そう考えて、番頭の伊佐治に近づいているのか。

竹蔵がそんなうぶな男とは思えない。

「青柳さま。竹蔵が出てきました」

剣一郎は暗がりに身を隠し、様子を窺った。

竹蔵は外に出て左右を見回し、それから木挽橋のほうに向かった。あとをつける。

木挽橋を渡り、尾張町二丁目に入った。

「『宝屋』に行くんじゃありませんか」

太助が言う。

しかし、竹蔵は尾張町を突っ切った。

新シ橋を渡り、竹蔵はやがて芝神明町《しばしんめいちょう》にやってきた。神明宮の裏手にあるいかがわしい店に入って行った。

やがて、通りに面した二階の部屋に明かりが点《つ》いた。窓の障子が開き、竹蔵が顔を覗かせた。

しばらく外を眺めていたが、竹蔵の背後から女郎が現われた。竹蔵は障子を閉めた。

「引き上げよう」

剣一郎と太助は来た道を戻った。

翌日、剣一郎は本八丁堀一丁目の茂助の家を訪れた。

客間で、茂助と向かい合った。

茶を持っておときが入ってきた。そして、茂助の横に座った。

「市兵衛がようやく心を開いてくれた。市兵衛は伜の市太郎が悪い仲間にそそのかされ、ひと殺しに加担しているのではないかと不安に思っているようだ」

剣一郎は平助と格太郎の件を話した。

「どうなんですかえ、市太郎さんは？」

「わからぬ。だが、何らかの形で関わっていることは間違いないようだ。だが、今ならまだ引き返せる」

「そうですかえ。市兵衛さんはさぞかしご心痛でしょうね」

茂助が同情するように言う。

「なんとかしてさし上げたいわ」

おときも心配そうに言う。

「市太郎のことはわしに任せるのだ」

「はい」

「それより、おきよのことだ」

「おきよに何か」

茂助は身を乗り出した。

「『美濃屋』は丹後山辺藩佐高家に出入りをしているのだな」

「はい」

「佐高家から『美濃屋』に誰かやって来ることはあるか」

「よくわかりませんが、用人さまが訪ねてくることがあるようです」

「うむ。ところで、佐高家ではときどき酒宴が催《もよお》されるそうだな。そんなとき、『美濃屋』の主人も招かれるのであろう」

「そのようです」

「そのとき、おきよも手伝いに駆り出されたりはしなかったか」

「さあ、聞いていませんが。それが何か」

「うむ」

剣一郎はわけは言わず、

「おきよに確かめてもらいたい。宴席の手伝いに佐高家の下屋敷に行ったことはないかと」

「佐高家のお屋敷に……」

茂助は目を見開いた。

「やっぱり、おきよは佐高さまのご家来と……」

「おきよは何も言えない身だ。直にきいても、答えられまい。佐高家の下屋敷に酒宴の手伝いに行ったことがあるか、さりげなくきいてもらいたい」

「わかりました」

「その後、例の武士は顔を出さないか」

「はい。もう現われぬと言ってましたから」

「その武士は佐高家の家中の者であろう」

「なぜ、おきよの子の父親を佐高さまのご家来が気にするのか。やはり、父親は佐高さまの……」

茂助は呟くように言った。

剣一郎は迷ったが、やはり茂助夫婦には自分の考えをはっきり告げておいたほうがいいかもしれないと思い直した。

「茂助。これはまだ確たる証がなく、迂闊《うかつ》なことは言えぬが、そなたには話しておいたほうがいいだろう」

「なんでございましょうか」

「おきよの相手は高貴なお方かもしれぬ」

「高貴?」

「このことはまだ誰にも口外してはならぬ。おきよにも悟《さと》られてはならぬ」

剣一郎は茂助とおときの顔を交互に見て、

「今までのことをすべて照らし合わせ、わしなりに考えつくのは若君だ」

「若君？」

「世嗣の矢之助君だ」

「まさか」

茂助は口を半開きにした。おときも目を見開いている。

「おきよは佐高家の月見の会などの宴席の手伝いに下屋敷に駆り出されたことがあったのではないか。そのときに矢之助君の目に留まったのだろう。『美濃屋』の功右衛門の配慮で、その後もたびたび矢之助君と会った。密会だ」

剣一郎は続ける。

「そして、おきよは矢之助君の子を身籠《みご》もった。このことは隠さねばならなかった。というのは、近々矢之助君は正室を迎え入れることになっているからだ」

「………」

「そのために、おきよが身籠もったのは『美濃屋』の功太郎の子ということにして、入谷の寮で産むことになった」

「信じられません」

茂助は青ざめた顔でため息をついた。

「おそらく、入谷の寮にいる若い下働きの男やおきよの世話をしている女中は、矢之助君が遣わした者たちだ」

「おきよに若君の手がついたなんて……」

おときが戸惑いながら言う。

「あの侍は、そのことを確かめるために」

「そうであろう。矢之助君の子ではないかと疑う者がいるのだ」

「おきよの身に危険が及んでいるのではありませんか」

「いや、その心配はない。万が一に備えて警護の者を置いているのだ」

剣一郎はふたりを心配させないように言う。

「シロはおきよになついているのだな」

「シロですか」

突然、シロの名が出て、茂助は戸惑ったようだが、

「小犬のころからシロはおきよにべったりでした」

「なら、おきよの話し相手にしばらくシロを入谷の寮に行かせたらどうだ?」

剣一郎は万が一を考えて言った。

「おまえさん。最近、シロもときどき寂しそうに遠くを見ているわ。おきよに会いたいんじゃないかしら」

おときが言う。

「そうよな。シロがおきよのそばにいてくれたら安心だ。そうするか」

茂助は頷《うなず》き、

「青柳さま、そういたします」

「それがいい」

剣一郎は応じてから、

「佐高家で何が起きているのか。やはり、『美濃屋』の主人にきくしかない。思い切って話してみてはどうか」

「はい、きいてみます」

「わしのことは気取られないように」

「はい」

「それからおきよにも気づかぬ振りをしておいたほうがいい。あくまでも、『美濃屋』の主人にだけだ」

「わかりました。では、さっそく、おきよのところに行ってみます。その帰りに、『美濃屋』さんに寄ってみます」

「決して、おきよを追い込むような真似はしないように」

念を押して、剣一郎は立ち上がった。

三

翌日の昼過ぎ、茂助とおときはシロを連れて入谷にやってきた。シロは忠実にふたりのあとに付いてきた。

おきよのところに行くことがわかっているらしく、シロはうれしそうだった。入谷の寮の背後は田圃《たんぼ》が広がっていて、爽《さわ》やかな風が吹いてくる。空は青く澄み、さざ波のような白い雲が浮かんでいた。

茂助夫婦は寮の門を入り、寮番に挨拶をして、犬がいるからと言い、庭をまわっておきよの部屋に行った。

途中で、下働きの若い男を見かけた。男は軽く会釈をした。

寮番がすぐに知らせてくれたので、障子を開けると、おきよがふとんの上で待っていた。

「おとっつあん、おっかさん、いらっしゃい」

おきよが元気な声で言う。

茂助はおきよの笑顔を見て、安堵《あんど》すると同時に、おきよと生まれてくる子にどんな将来が待ち構えているのかと考えて胸が締《し》めつけられた。

ほんとうに、お腹の子の父親は矢之助君なのだろうか。

「シロ」

おきよが縁側に出た。シロは縁側の縁に前足を乗せて、尾を振っていた。

おきよはシロの頭を撫《な》でていた。

「シロ、ここで待っているんだ」

茂助はシロに言う。

シロはおとなしく下がって座った。

「シロ、またあとでね」

おきよが声をかけた。

シロは首を縦に振った。

「シロはおきよの言うことがわかるのだ」

茂助は目を細めてシロを見つめた。

茂助とおときはおきよと向かい合った。

「おきよ、すまないね。なんだかしょっちゅう来ているみたいで」

「そんなことないわ。うれしいわ、来てくれて」

おきよは頭を下げた。

「おきよ。子どもが無事に生まれるまで、シロにおきよのそばにいてもらおうかと思っているんだ」

茂助は切りだした。

「えっ、いいの」

おきよは目を輝かせたが、

「でも、おとっつあんやおっかさんは寂しいんじゃない？」

「それはそうだが、シロもおまえのそばにいたいだろうし、なによりシロがついていてくれれば俺たちも安心だ」

「ただ、寮のひとたちがいやがらないか心配なんだけど」

おときは窺うようにおきよの顔を見る。

「だいじょうぶよ。この前来たときも、みなシロを可愛がっていたもの」

「それなら、シロを置いて行く」

「うれしいわ」

おきよは庭先にいるシロに向かって、

「シロ、いいのね」

と、声をかけた。

シロはわんと答えるように鳴いた。

茂助は考え込んでいた。佐高家の宴席に手伝いで行ったことがあるのか、そのことを言おうとするだけで難渋《なんじゅう》した。

いきなり、佐高家のことを口にするのはあまりに唐突だ。きっかけが摑めず、茂助はいくぶん焦《あせ》った。

庭を見つめる。秋の花々が咲いている。萩《はぎ》の花、あれは女郎花《おみなえし》……。ふと、来月の中秋《ちゅうしゅう》の名月のことを思い出した。

「ここからだと月がきれいに見えそうだな」

茂助は呟くように言う。

「そういえば、来月は中秋の名月ね」

おときも茂助の気持ちを察したのか、

「おきよが奉公に上がる前まではいっしょにお団子を作ったわね」

「ええ、シロもいっしょにお月見をしたわ」

おきよが思い出して言う。

「『美濃屋』さんではお月見をするのか。どんなお月見なんだね」

茂助はきいた。

「『美濃屋』さんではやらなかったわ」

「やらない？『美濃屋』さんはお月見をしないのか」

「そうじゃないの。私が……」

「なぜだ？　まさかおきよだけお月見をさせてもらえなかったわけではあるまい」

「じつは、中秋の名月には『美濃屋』さんの出入りのお屋敷に……」

「お屋敷？」

「ええ、宴席のお手伝いに行っていたの」

「じゃあ、去年もその前も？」

「ええ」

「どこのお屋敷なんだね」

「…………」

「『美濃屋』さんが出入りをしているのは丹後山辺藩佐高家……」

おきよの眉が微かに動いた。

「佐高さまの月見の宴は殿様も若君も出てこられるのだろうな」

「ええ、まあ」

おきよは曖昧《あいまい》に頷いたあとで、

「そういえば、シロはお月見の団子が好きだったわね」

と、話を逸《そ》らすように言った。

このとき、茂助は確信した。おきよは佐高家の屋敷に行っていると。

よほど、そのことを口にしようかと思ったが、なんとか思い止まった。

「来年の月見は、おきよとお腹の子とシロもいっしょに出来るといいな」

茂助は素直な気持ちを口にした。

「出来るわ。きっと出来るわ」

おきよは思い詰めたような目で言った。

「ああ、今から楽しみだ」

うっ、とおきよが嗚咽《おえつ》を漏《も》らした。

「どうしたの？」

おときがきいた。

茂助も驚いておきよを見つめた。

「おとっつあん、おっかさん、ごめんなさい。こんな形で身籠もって。私がお婿《むこ》さんをもらえば、みんなでいっしょに過ごせたでしょうに……」

おきよが口を押さえて言う。

「いいんだ。おとっつあんもおっかさんもおまえの仕合わせを一番に望んでいるのだ。おまえが元気な子を産んでくれれば……」

「そうだよ。私たちのことなど気にしなくていいの。自分の仕合わせだけを考えておくれ。私たちにはシロもいるから」

縁側のそばに座ってシロが顔を向けていた。

「子どもが無事に生まれるまで、シロに見守ってもらうから」

「おとっつあん、おっかさん、ありがとう」

おきよは頭を下げた。

そのとき、シロが甘えるような声で鳴いた。

「シロ」

茂助はシロの名を呼んだ。

今日こうやって過ごせるのも十五年前に助けてくれた市兵衛のおかげだが、シロがいなかったらあのまま川に飛び込んでいただろう。

「親子三人がこうしていると、シロもうれしいのだ」

茂助は言ってから、

「あまり長居は出来ない。そろそろ引き上げるか」

と、おときを見た。

「今度はゆっくりすると言っていたじゃないの」

おきよが不満そうに言う。

「ふたりとも家を空けちゃ、何かあったら困るからな」

「今度は泊まり掛けできて」

「ああ、そうする」

茂助は立ち上がって縁側に出た。

「シロ、おきよのことを頼んだ」

シロは応えるように吼《ほ》えた。

茂助とおときは入谷の寮を引き上げた。シロが門まで出てきて見送ってくれた。

後ろ髪を引かれ、何度も振り返った。シロは座ってこっちを見ていたが、駆け寄ってくることはなかった。おきよを守るのが自分の役目だと、シロはわかっているのだ。

御成街道《おなりかいどう》から筋違御門《すじかいごもん》を抜け、日本橋本石町にある紙問屋『美濃屋』に辿《たど》り着いた。

ふたりは女中の案内で内庭に面した部屋に通された。

すぐに、功右衛門がやってきた。

「きょうはお揃いで」

そう言い、ふたりの目の前に腰を下ろした。

「いきなり、お訪ねして申し訳ありません。おきよのところに行ってきた帰りでして」

茂助は詫びた。

「お腹の子も順調のようで、私も安心しております」

功右衛門はえらの張った温厚そうな顔を向けて口元を綻《ほころ》ばせた。

「じつはきょうは旦那にお伺いしたいことがございまして」

茂助が切りだした。

「はて、なんでしょうか」

「ええ、それは……」

茂助がためらっていると、

「お腹の子の父親について」

と、おときが切りだした。

「どういうことですか」

功右衛門は眉根を寄せておときを見た。

「旦那」

茂助は身を乗り出すようにして、

「お腹の子の父親はほんとうに功太郎さんなのですかえ」

と、迫った。

「………」

「旦那、どうか仰《おつしや》ってください」

「父親は功太郎ですよ」

「旦那、それならなぜ、功太郎さんは入谷の寮に顔を出されないのですかえ」

「それは今、忙しいので」

「旦那。おきよは佐高さまのお屋敷の酒宴の手伝いに駆り出されたことがあったそうですね」

「…………」

「おきよは去年の月見の会にも行ったと話していました」

「ええ、確かに下屋敷へ手伝いに行ってもらいました。それが何か」

「そこで、おきよはどなたかに見初《みそ》められたのではありませんか」

「…………」

「そうなんですね」

茂助はさらに迫った。

「なぜ、そのようなことを?」

功右衛門はうろたえながらきき返した。

「ほんとうのことを知りたいのです。名も名乗らぬお侍が父親のことを訊ねてきたり、入谷の寮には若い下働きの男が三人もいる。その上、功太郎さんはほとんどといっていいほど、おきよのところにやって来たことはない。不思議なことが目につくのです」

茂助は訴える。

「子どもが生まれるまで、待っていただけませんか。今は、無事に子が生まれることを祈っていようではありませんか」

「なぜ、隠すのですか」

おときが口をはさんだ。

「…………」

功右衛門は表情を曇《くも》らせた。

「旦那。じゃあ、あっしから言います。お腹の子の父親は身分の高いお方ではありませんか」

茂助はさらに続けた。

「殿さまか若君さま」

「…………」

功右衛門は腕組みをして目を閉じた。

「旦那」

茂助は呼びかけたが、功右衛門は考え込んでいた。

もはや、功右衛門の返事は必要なかった。功右衛門の態度で十分だった。

「若君の矢之助君ですね」

茂助が言うと、功右衛門はようやく腕組みを解いて目を開けた。

「茂助さん、おときさん。そのとおりです」

功右衛門は認めた。

おきよが佐高家の世嗣である矢之助の子を身籠もったことがはっきりして、茂助は言葉を失った。

「去年の月見の会に、私は招かれた。その際、酒宴の手伝いが出来る女中を貸してもらいたいとご用人から頼まれて、おきよを連れて行きました。藩主越後守さまと矢之助君を囲み、月見の会が盛大に行われました。おきよはあと片づけを理由に、その後も何日か下屋敷に通いました。すでにふたりは惹かれ合っていたそうです」

功右衛門はふっとため息をつき、

「その後も、ときたまおきよは下屋敷に呼ばれました。夏の暑い盛りに、おきよが身籠もっていることを知り、問い質《ただ》しました。そこではじめて、相手が矢之助君だと知り、驚いてご用人さまにお知らせしたのです」

「………」

茂助は口をはさまず功右衛門の話を聞いた。

「ご用人さまも苦慮された。というのも、矢之助君は正室を迎えることになっていたからです。身籠もらせた女がいることを隠さねばならず、私の伜の子だということに」

「なぜ、矢之助君はおきよに手を出したのでしょうか」

茂助は不満に思った。

「おきよは弄《もてあそ》ばれたということですね」

「矢之助君は本気でおきよのことを……」

「身分違いはわかっていたはず。だったら、そっとしておいて欲しかった」

「おきよも矢之助君に思いを寄せていた。矢之助君の子を身籠もったことを決して後悔していない。仕合わせだと言っていた」

「おきよも、ばかだ」

茂助はやりきれないように言う。

「でも、すんでしまったことは仕方ありません。今後、矢之助君はおきよをどうなさるおつもりなのでしょうか」

「さあ、そこまでは聞いていません」

「子どもを取り上げて、おきよを放り出すのでは？」

茂助は危惧《きぐ》の念を口にした。

「もし男の子なら、場合によっては将来の世継ぎにも影響が」

「そんな心配はまだせずとも……」

「いえ、あと数か月で子どもは生まれるのです」

「………」

「それより心配なことが……」

茂助は不安を口にした。

「入谷の寮にいる若い下働きの男は佐高家のお侍さんですね」

「そう、矢之助君がおつけになった」

「なぜですか」

「用心のためです。万が一、押込みとか暴漢が入り込んできても撃退出来るようにとのお心配りです」

「あっしを訪ねてきたお侍は、お腹の子は男の子かとか父親は誰かと気にしていました。あのお侍も佐高家の？」

「もしかしたら、正室として迎えるお方の実家の侍かもしれません。正室も嫁ぐ相手に子がいたとなると面白くないので」

「だとしたら、その侍はどう出るのでしょうか」

おきよ母子を亡きものにしようと……。

「旦那。危険なことになりはしませんか」

「そんなことはあり得ない。それに、万が一に備えて、警護の者をつけているわけですから心配はいりません」

功右衛門はしきりに茂助夫婦をなだめた。

四

夕方に八丁堀の屋敷に帰ると、茂助が客間で待っていた。

剣一郎は着替えてから、客間に顔を出した。

「待たせたな」

「とんでもない。勝手に押しかけ申し訳ありません。昼間、入谷の寮に行った帰りに『美濃屋』さんに寄ってきました」

茂助は『美濃屋』の功右衛門とのやりとりをつぶさに話した。

「やはり、おきよの子の父親は矢之助君でした」

「『美濃屋』の功右衛門がはっきり口にしたのだな」

「はい」

「そうか。おきよは矢之助君の子を宿したか」

剣一郎は気を重くした。

「矢之助君は近々正室を迎えるようです。その正室の手前、矢之助君の子が出来たことを隠したかったようです」

違うと、剣一郎は心の内で叫んだ。

嫁いでくる正室にとっては、自分の子ではない者が将来佐高家を継ぐことになるかもしれない。だから、今のうちに危険の種になるのを排除しようと考えてもおかしくはない。それだけではない。藩主越後守の後添いにも八歳の男の子がいる。藩主越後守はこの後添いを気に入っているらしい。このことを盾に取って、この八歳の男の子を世継ぎに推す一派が暗躍していることも十分に考えられる。

その一派にとっては、おきよが産む子は邪魔な存在でしかない。

おきよの子は御家騒動のもとになりかねない状況にいるのだ。すでに、その兆《きざ》しは七年前からはじまっている。

「シロをおきよのところに置いてきたのか」

剣一郎はいざというとき、シロがおきよを守るはずだと思っている。

「はい」

茂助は答えてから、

「青柳さま。おきよの産む子はどうなりましょうか。佐高家に引き取られ、おきよは子どもと引き離されて……」

「わしの考えでは、佐高家がおきよから子どもを取り上げることはあるまいと思う」

「そうでしょうか」

「うむ」

取り上げないが、将来に禍根《かこん》を残さないために子どもを始末しにかかるはずだ。そのことは茂助には言えなかった。

茂助が引き上げ、剣一郎は居間に戻った。

太助が庭先で待っていた。

「上がれ」

「へい」

太助が上がってきた。

「『宝屋』を見張っていたら、伊佐治が出てきたのであとをつけました。すると、采女ケ原《うねめがはら》の馬場《ばば》の脇で、竹蔵と会いました」

「どんな様子だった？」

「伊佐治が一方的に何か言ってました。竹蔵は黙って頷いていました」

「竹蔵は伊佐治に何か命令されたか」

「そんな気がします」

太助は間を置き、

「それから、『宝屋』は『三条屋』に何人も下働きの男を世話しているようです」

「『宝屋』は『三条屋』と結びついていたか」

『三条屋』と佐高家とはつながっている。半年前の平助と格太郎殺しは七年前の狆が死んだ件と絡んでいると思われる。

「どうやら、大本《おおもと》は佐高家にありそうだ。七年前の狆の死に何か秘密があるかもしれぬ」

剣一郎は想像を働かせて、

「それから、茂助から聞いたが、やはり思ったとおりだった」

剣一郎は茂助から聞いた話を語った。

「そうですか。若君との子ですかえ」

「おそらく、佐高家にはおきよの子を邪魔に思っている勢力がいるのではないか。七年前、藩主の後添いの奥方が身籠もっていたのと同じ状況だ」

剣一郎は狆の死に疑いを持っている。その想像が間違っていなければ、おきよの身に危険が及ぶかもしれない。のんびり構えていては取り返しがつかなくなる。

「こうなったら、佐高家の用人に会ってみよう。太助は竹蔵の動きを見張るのだ。市太郎の手掛かりが摑めるかもしれぬ」

「わかりました」

そのとき、多恵が夕餉《ゆうげ》の支度が出来たと知らせにきた。

翌日、剣一郎は出仕して、すぐに宇野清左衛門のところに行った。

「宇野さま、お願いがございます」

剣一郎は声をかけた。

「何か」

「佐高家の用人津野紋兵衛どのにお目にかかりたいのです」

「大事な書付を盗んだという盗人が見つかったのか」

「いえ、別の件で」

剣一郎は七年前、『三条屋』が佐高家に献上した狆が死んだ出来事を話した。

佐高家で毒殺事件がおきようとしていたのだ。何者かがある人物を毒殺しようとしていた。だが、その毒を狆が誤って口にしてしまった……。

「そのことを確かめたいのです」

「しかし、そのようなことを話してくれるだろうか」

「難しいかもしれません」

剣一郎は素直に答えてから、

「ただ、その事件がいまだに尾を引いているようなのです。半年前の平助と格太郎の殺しも無関係ではないと思います。また、さらに何かが起こりそうな危惧《きぐ》を覚えています。七年前に何があったのか、たとえ正直に話してはくれなくとも、用人どのの表情から何かが摑めるかもしれません」

「わかった。使いをやろう」

「ありがとうございます。用件は例の盗人の件で確かめたいことがあるということで」

「大事な書付を盗んだという盗人の件だな」

清左衛門は確かめた。

「そうです。じつはそのことも確かめたいので、決して嘘ではありません」

「確かめたいと言うのは？」

「書付を盗んだ男は当然、中身を見て奥方宛の恋文だとわかるでしょう。だとしたら、盗人は奥方を脅して書付を高額で買い取らせようとするのではないでしょうか」

「すると、すでに盗人から何か言ってきているかもしれぬのだな」

「はい。ただの盗人なら金を奪うだけです。奥方の部屋に忍び込んでわざわざ書付を盗むというのは、最初からそれが狙いだったとしか思えません」

「なるほど」

清左衛門は頷いてから、

「で、青柳どのはどう思うのだ？」

「よくわからないのです。いいえ、盗人のことではなく、用人どのがこのことをわざわざ奉行所に言いにきたことが、です」

「しかし、用人どのは、盗人が捕まったあとで書付を盗んだと自白をし、その書付のことが明らかにされてしまうことを恐れていたようだが」

「ええ。ですが、捕まったあとで書付のことを訴えるどころか、それ以前に盗人はその書付をネタに脅しをかけてくるはずです」

「そこまで読めなかったのかもしれぬ」

「そうかもしれませんが」

「ともかく、その件で至急お会いしたい旨の文《ふみ》を遣わす」

清左衛門はさっそく文を書きはじめた。

返事は昼前に届いた。そこには夕七つ（午後四時）に神田明神境内《けいだい》にある『笹《ささ》舟《ぶね》』という料理屋を指定してあった。

剣一郎は夕七つ前に、『笹舟』の座敷に上がった。すでに、用人の津野紋兵衛が床《とこ》の間《ま》を背にして座って、女将《おかみ》を相手に酒を呑んでいた。

「失礼いたします」

剣一郎は座敷に入り、紋兵衛から少し離れたところに腰を下ろした。紋兵衛は四十半ばと思える中肉中背の男だ。八の字眉で、生真面目そうな顔立ちだった。

「南町の青柳剣一郎にございます」

剣一郎は挨拶をした。

「用人の津野紋兵衛だ。ここは当家の留守居役《るすいやく》がよく寄合《よりあい》で使っているところでな、わしもときたまやって来る」

紋兵衛は言ってから、

「女将、座を外してくれ」

と、声をかけた。

「はい」

女将は下がった。

「この度は、宇野さまにやっかいなお願いをいたした。その件でなにか」

「はい」

剣一郎は応じてから、

「盗人の件ですが、近頃大名屋敷を狙った盗人の報告はありません。そこで、盗人が金を盗むついでに書付を持って行ったと考えるより、盗人は最初から書付を狙っていたのではないかと」

「まさか」

紋兵衛は微かに笑った。

「何者かから脅迫文は届いていませんか」

「いや」

紋兵衛は首を横に振った。

「はじめから書付を狙っていたはずはない。そんなものがあることさえ知らないはずだ」

「書付の差出人の周辺にいる人物なら、知っていたとしてもおかしくありませんん」

「いや、そんなことはありえぬ」

紋兵衛は穏やかな声ではっきり言う。

「津野さまは差出人をご存じなのですか」

「知らぬ。しかし、奥方の話からも、差出人の周辺に怪しい人物はいない」

「そうですか。では、書付を偶然に盗んだにせよ、当然中身を見て奥方さま宛の恋文だとわかったでしょう。だとしたら、盗人は奥方さまを脅して書付を高額で買い取らせようとするのではないでしょうか。あるいは、自ら強請《ゆす》する勇気がなければ、その書付を誰かに売ったかもしれません。譲り受けた者が脅しを仕掛けてくることも……」

「それなら、もうとっくに何か言ってきている。青柳どのの考え過ぎでしょう」

紋兵衛は苦笑した。

表情には余裕があった。剣一郎は改めて疑問を持った。書付が盗まれたことをそれほど深刻にとらえていないようだ。

ならば、なぜ、宇野清左衛門に訴えたのか。

「青柳どの。いろいろ案じてくださったことには礼を申し上げる」

紋兵衛は頭を下げた。

「津野さま」

剣一郎は居住まいを正してから、

「もうひとつ、お訊ねしたいことがあるのですが」

と、切り出した。

「はて、なにか」

「七年前、呉服問屋の『三条屋』から狆を贈られたそうですね」

「………」

紋兵衛の顔色が変わった。

「その狆が突然、死んでしまった。浅草花川戸の『狆小屋』という店から買いもとめた狆でした。当時は、『狆小屋』の繁殖のさせ方に問題があり、体の弱い狆が生まれた。その狆がたまたま佐高家に渡った……」

「そんなこともあった」

紋兵衛は呟くように言った。

「『狆小屋』の主人の市兵衛が、『三条屋』に出向き、津野さまと奥方さま付きの丸尾又四郎どのに詫びたと申しておりました」

「うむ」

「なぜ、丸尾どのも市兵衛の詫びを受けなければならなかったのでしょうか」

「狆は奥方が飼われていた。だから、狆の死んだわけを丸尾を介して奥方に伝えてもらうためだ」

紋兵衛はむっとした顔で言う。

「ほんとうに病死だったのでしょうか」

「どういうことだ?」

「いえ」

剣一郎は首を横に振ってから、

「お願いがございます。丸尾どのにお会いしたいのです。お引き合わせ願えないでしょうか」

「なぜだ？」

「はっきりした死因を知りたいのです」

「死因ははっきりしている。生まれつき、体が弱かったのだ」

「元気に遊んでいた狆が突然口から泡を吹いて倒れたら、毒を飲んだのではないかと疑いませんか」

「なに？」

「鼠を退治するために石見銀山の鼠取りの薬を置いておいた。それを誤って飲んでしまったということは考えられませんか」

「奥方の部屋に鼠取りの薬などない」

紋兵衛は否定した。

「別の薬かもしれません。いずれにしろ、狆は毒を飲まされた疑いが……」

「そんなことがあろうはずはない。現に、『狆小屋』の主人市兵衛が謝罪をしている」

「市兵衛が言うには、『三条屋』の主人から謝罪を迫られたということです」

「それは知らぬ。わしは狆を売った者が謝りたいというので、謝罪を受けただけだ」

「なぜ、わざわざ市兵衛が津野さまや丸尾どのに謝罪をせねばならなかったのでしょうか。『三条屋』に謝るのはわかりますが」

「知らぬ」

紋兵衛もいらだちを隠せなくなっているようだ。

「丸尾どのは、狆の死をどう受け止めていらっしゃったのでしょうか」

「病弱だったと思っていたはずだ」

「丸尾どのに直に話をお聞きしたいのですが」

「その必要はない」

「もし、狆が毒を飲んで死んだとしたら、どうして奥方さまの部屋に毒があったのか。何のために……」

「青柳どの。七年前のことをいまさら持ちだしてどんなおつもりか」

紋兵衛は激しく言う。

「じつは半年前、平助と格太郎という男が殺されました。平助が格太郎を殺したあとに首を吊って自害したと見られていましたが、最近になってふたりとも何者かに殺された疑いが浮かんできました」

「そんなこと、わしには関わりない」

「いえ。平助は『三条屋』の番頭で、格太郎も『狆小屋』の番頭だったのです。そのふたりは半年前、何かをしようとしていた。何をしようとしていたのか」

「そんな話を聞いている暇はない」

「津野さま。そのふたりは七年前の狆の死は無理な繁殖によって病弱の体になったことが原因だと吹聴《ふいちょう》して……」

「やめぬか」

紋兵衛は怒鳴り、

「そのような何ら根拠もない話をして……」

「お待ちください」

剣一郎は紋兵衛の剣幕を鎮《しず》めるように、

「決して七年前に佐高家で何があったのかを暴こうとしているのではありません。ただ、そのことが今も尾を引いているのなら、なんとか手を打たねば、あらたな不幸を生むことになると思い、勝手ながらお話をさせていただいているのです」

「津野さま。当時、奥方さまは身籠もっておられましたね」

「………………」

紋兵衛は目を見開いた。

「先妻の子矢之助君がいらっしゃる中で、後添いの奥方さまにお子が生まれる。聞くところによりますと、殿様はこの奥方さまを寵愛《ちょうあい》しているそうではありませんか」

「そなたは妄想を膨らませておる」

紋兵衛は言い返し、

「奥方に子が生まれることで、矢之助君との間に世継ぎ争いが起きる。そう決め付けているのではないか」

「そのことは十分に考えられるかと」

「ばかな」

「毒を盛る相手は奥方さましか考えられません。狙いは奥方さまではなく、お腹の子であったのでしょうが」

「もし、そなたの言うように、奥方に毒を盛る者がいたとしたら、家中は大騒動になっていたはず。狆が死んだあと、何事もなかった」

「確かに、そのことは私にも不可解でした。奥方さまに毒を盛ろうとした一派がいたら、それなりの制裁を受けるのではないか。でも、そのようなことはなかった……」

「そうだ。奥方付きの丸尾又四郎も騒いではいない。つまり、そんな騒ぎはなかったということだ」

「いえ、丸尾どのも事実を追及出来なかったのではありませんか」

剣一郎は続ける。

「狆が身代わりになり、奥方さまに危害は及ばなかった。誰が毒を盛ったか、証はなく、うやむやに終わった。でも、丸尾どのは何者かが奥方さまを毒殺しようとしたと思っているのではありませんか」

「そんな事実はなかったのだ。丸尾はなんとも思っていないはずだ」

「そのことを丸尾どのに確かめたいのです。そうすれば、私も納得出来ますゆえ」

「青柳どの。今の話は聞かなかったことにしよう」

紋兵衛は話の打ち切りを宣した。

「では、最後にお訊ねしてよろしいでしょうか」

「なんだ？」

「『美濃屋』のおきよという女中が身籠もったことをご存じでいらっしゃいますか」

「いや」

「入谷の寮に、腕利きの侍が下働きと称して入り込んでいます。ご存じありませんか」

「知らぬ」

「申し訳ありませんでした。よけいなことを申しまして」

立ち上がり、挨拶をして引き上げようとしたとき、

「待て」

と、紋兵衛が引き止めた。

「はっ」

剣一郎はもう一度腰を下ろした。

「七年前の件だが、青柳どのはどのような推測をしたのだ？　矢之助君を支える者たちが新しく生まれてくる奥方の子に脅威を抱き、奥方に毒を盛ろうとした

と？」

「勝手に想像しただけです」

「そして、その連中は今はおとなしくしているのか」

「はい、毒殺に失敗し、以降はおとなしくしているのでしょう」

「だが、そこに毒殺のことを知っている平助と格太郎という男が現われて、毒を盛ろうとした者を脅して金を強請りとろうとした。それで、逆に殺されたということか。で、毒を盛ろうとしたのは矢之助君を支える連中ということになるな」

「はい」

「で、わしは矢之助君を世嗣にと願う一派か」

「そういう見方は出来ると思います」

「なるほど」

紋兵衛は頷き、

「退屈凌《しの》ぎにはなった」

と、言った。

「では、失礼いたします」

剣一郎が立ち上がったとき、またも紋兵衛が声をかけた。

「青柳どの。丸尾又四郎に引き合わせよう」

「えっ?」

剣一郎は耳を疑った。

「丸尾どのに会わせていただけるのですか」

「さよう。わしと示し合わせていたと疑われるのも本意ではない。よろしければ、これから上屋敷を訪れよ」

「ぜひ、お願いいたします」

思わぬ展開に戸惑いながら、剣一郎は小川町《おがわまち》にある丹後山辺藩佐高家の上屋敷に向かった。

五

剣一郎は佐高家の長屋門の前に立ち、門番の武士に、用人の津野紋兵衛から預かった印籠《いんろう》を見せ、丸尾又四郎への面会を申し入れた。

印籠を持って、門番のひとりが御殿のほうに向かった。剣一郎は門の外で待った。

空は高く澄み、鰯雲《いわしぐも》が流れている。四半刻ほどして、潜《くぐ》り戸から三十半ば過ぎの大柄な男が現われた。

手に紋兵衛の印籠を持っていた。

「これはそなたが？」

「ええ、南町の青柳剣一郎と申します。丸尾又四郎どのでございますか」

「さよう」

又四郎は警戒気味に頷き、

「ご高名はかねてから聞いている」

「恐れ入ります」

剣一郎は軽く頭を下げてから、

「つい最前まで、用人の津野紋兵衛さまとお会いしておりました。七年前の狆の不審な死について」

「………」

「そのことで、どうしても丸尾どのにお話をしたいと申し入れたのです」

剣一郎は経緯を語った。

「なるほど、それでこれを」

又四郎は印籠に目をやった。

「わかった。よかろう。しかし、屋敷内では拙《まず》い。南町の与力と話しているところを見られたら、何かと誤解されるかもしれぬでな」

「わかりました」

ふたりは神田川のほうに向かい、太田姫《おおたひめ》稲荷社に行った。

境内に入り、社殿の脇の植込みの前で立ち止まった。

「ここまではやってくる者もいない」

又四郎は言い、顔を向けた。

「話とは？」

「七年前、『三条屋』が奥方さまに献上した狆が急死しました。このことで、丸尾どのは津野さまといっしょに『三条屋』にて、『狆小屋』の主人市兵衛から謝罪を受けています。なぜ、謝罪を受けたのでしょうか」

「用人どのの勧《すす》めで」

「なぜ、津野さまはそこまで？」

「………」

又四郎は顔を植込みのほうに向けた。黄色い花が咲いていた。

「青柳どのはどう思っているのか」

又四郎は顔を向けた。

「狆は毒を飲んだのではないかと」

「…………」

又四郎は顔をしかめた。

「なぜ、そう思われるのか」

「狆の急死を無理な繁殖のせいにしているからです。毒死を隠す狙いがあるように思えました」

「さすが、青痣与力、評判に偽りはなかった。そなたの言うとおりだ」

又四郎はあっさり言った。

「お認めになるのですか」

「そうだ。狆は奥方が上げた饅頭《まんじゆう》を一口食べたあとに急に苦しみ出した。奥女中から聞いて急いで駆けつけ、毒を飲んだと思い、饅頭をすべて処分させた。何者かが饅頭に毒を入れ、奥方を毒死させようとしたのだ」

「何者かはわかっているのですか」

「いや……」

「わかっているんじゃないですか。どなたですか」

「済んだことだ。今さら蒸し返しても仕方ない」

「済んだかどうかはまだわかりません」

「なに？」

又四郎は厳しい顔になった。

「何か尾を引いているのか」

「半年前、平助あるいは格太郎という男が丸尾さまを訪ねてきませんでしたか」

「……………」

「来たのですね」

「来たようだ。だが、拙者は会っていない」

「ほんとうですか」

「嘘ではない。で、そのことが七年前のことと関わっているというのか」

「平助と格太郎は殺されました」

「殺された？」

又四郎は眉根を寄せた。

「ふたりは七年前の狆の死は毒を飲んだことによるものだと気づいています。この件で、どなたかを強請ったのではないでしょうか」

「誰を強請ったというのだ？　用人どのか」

又四郎は言ってから、

「用人どのは毒を盛った側ではない。弱みはない。脅しには屈しないはずだ」

「どうして、そう言えるのですか」

剣一郎はきいた。

「用人どのは首謀者を突き止めたのだ。あのとき」

又四郎はため息をついてから、

「用人どのは騒ぎにならないように手をまわした」

と、口にした。

「津野さまが裁《さば》いたのですか」

「そうだ。ご家老《かろう》や他の重臣たちにも知らせず、穏便に済ませた。だから、拙者にも頭を下げた。騒ぎにしないでくれと」

「なぜ、津野さまはそこまで？」

「今の藩主の越後守さまは前藩主の次男だそうだ。長男が病弱なために、世継ぎになったが、家中が二分するほどの騒ぎだったという。御家騒動に発展し、大目《おおめ》付《つけ》に目をつけられたらしい。今度の毒殺騒ぎが知られたら、再び大目付が動くかもしれない、それを避けたいと用人どのから頼まれた」

「丸尾さまはその依頼を素直に受け入れたのですか」

「奥方のためにも佐高家に問題が起きないほうがいいと考え、用人どのに従った。狆はもともと病気持ちだったと声高に言い、毒が盛られた疑いを消すように努めた」

「しかし、毒を盛った者をそのままにしては、またいつか同じことを繰り返すかもしれないという心配は?」

「用人どのは首謀者を隠居させた」

「それで、片がついたのですか」

「用人どのは、殿がこのことを知れば、関わった者は全員打首にすると、首謀者を脅したそうだ。関わった者の身の安全を請け合う代わりに、首謀者を隠居させたのだ。こうして、用人どのは佐高家の危機を救ったのだ。このことを知っているのは、拙者と他に数人いるかどうか」

「そうでしたか」

剣一郎は首をひねってから、

「強請られる人物に心当たりはありませんか」

と、きいた。

「家中には誰もいないはずだ」

「首謀者はひとりだけですか。その腹心の者は佐高家に残っているのではありませんか」

「そこまでは関知していない。用人どのがちゃんと話をつけたはずだ。待てよ、知っているとしたら……」

「『三条屋』ですか」

剣一郎は確かめた。

「そう、『三条屋』は用人どのと深い繋《つな》がりがあるから、用人どのから何か聞いているかもしれぬ」

「わかりました」

剣一郎は応じてから、

「もうひとつ、お伺いしたいのですが、日本橋本石町にある紙問屋『美濃屋』に奉公していたおきよという女中をご存じですか」

「いや」

又四郎は首を横に振ったが、

「下屋敷で行われる宴席に『美濃屋』から手伝いに来ていた美しい女中がいた。ひょっとして、その女中ではないか」

「はい」

「その女中が何か」

「今、身籠もって『美濃屋』の寮で暮らしております。その父親のところに、三十歳ぐらいの武士が訪ねてきたそうです。心当たりがないかと思いまして」

「いや、わからぬ」

「そうですか。それより、丸尾さまはいろいろ秘密に関わることをお話ししてくださいました」

「不思議か」

又四郎は笑った。

「理由はふたつだ」

「ふたつ？」

「ひとつは、青痣与力だ。かねてより、噂は聞いている。信頼出来る御仁であることもな。青柳どのが七年前のことを調べているなら、なんでも話してもいいという気になった。いや、かえって話しておいたほうがいいと思ったのだ」

又四郎は続けて、

「あとひとつは、拙者は奥方が嫁ぐ際にいっしょに佐高家にやって来た。それから七年経ち、拙者は元のお屋敷に戻ることになったのだ」

「そうですか」

「佐高家と縁がなくなるからべらべら喋ったわけではない。青柳どのに佐高家の内実を知っておいてもらったほうがいいと思ったのだ。なにしろ、奥方を残して帰るのでな」

又四郎は真顔になって、

「佐高家に問題があっても、青柳どのが目を光らせてくれれば、よい方向に向かうだろう」

「丸尾さま。佐高家に何か不安でも？」

「………」

又四郎は眉根を寄せた。

「何か」

「じつは佐高家の方々は派閥を作りたがるのだ。単純にいえば、家老派と反家老派が見えないところで火花を散らしているように思えてならない。やはり、次男の今の藩主が長男を差し置いて世継ぎになったことが、未だに尾を引いているのかもしれない。常に、御家騒動の火種が燻《くすぶ》っているようなのだ」

又四郎はため息をついた。

「その懸念《けねん》は津野さまには？」

「話した。用人どのも同じことを仰っていた。七年前、穏便に済ませたことがいけなかったのかもしれないとも。そんなところに、奥方を置いて行くのは忍びないが……。でも、用人どのがいるから安心している」

「ご心痛、お察しいたします」

「青柳どの、またお会いしたい」

「私もぜひ」

再会を約束して、剣一郎は又四郎と別れ、奉行所に戻った。

奉行所に着き、与力部屋に落ち着いたとき、見習い与力がやって来て、

「定町廻りの植村どのがお目にかかりたいと申しています」

と、告げた。

「構わぬ、通せ」

剣一郎は応じた。

京之進がやって来た。

「平助と格太郎の件、改めて調べたところ、いくつかわかったことがございます」

「聞こう」

「はっ」

京之進は膝《ひざ》を進め、

「平助のほうで気になったことが」

と、切り出した。

「一年前に『三条屋』を辞めたあと、平助は辞める原因となった女のところに通っていたようなんです」

「客だったおまきだな」

剣一郎は二十五、六歳の瓜実顔《うりざね》で、首の長い女を思いだした。

「はい。平助に言い寄られて困っていると、おまきは『三条屋』の主人に訴え、そのことが因《もと》で平助は『三条屋』を辞めさせられたのです。そのおまきのところに平助は通っていたのです」

「おまきは平助とは会っていないと言っていたが、嘘だったのか」

「はい。おまきの家に入って行く平助を近所の者が見ていました」

「おまきはなぜ、嘘を……」

「おまきは旦那持ちでした」

「妾《めかけ》だったな」

「その旦那は昨年の暮れに、酔っぱらって川に落ちて死んでいたのです」

「死んでいた？」

「はい。大雨の夜、おまきの家から帰る途中、日本橋川に落ちたということでした」

「旦那は泊まって行く気ではなかったのか」

「ええ。でも、その日に限って帰っていったということです」

「何か匂うな」

「はい。事故として片づいておりますが、殺しではないかと思います」

「おまきと平助がつるんでか」

「はい、それから、おまきのところにときたま訪ねてくる男がいるようです。

今、その男を探しているところです」

剣一郎はときたま訪ねてくる男が何か鍵を握っているような気がしてきた。

第四章　襲　撃

一

剣一郎は南伝馬町一丁目にある呉服問屋『三条屋』を訪れた。

店座敷の隣にある部屋で、主人の勘十郎と向かい合った。

「まだ何か私どもに?」

勘十郎は大きな顔に不審の色を浮かべた。

「七年前のことで、佐高家の用人津野紋兵衛さまと奥方付きの丸尾又四郎どのに会って話を聞いた」

「さようでございますか」

「狆《ちん》が死んだわけを、そなたは知っていたな」

「………」

「狆は誤って毒を飲んだのだ。それを、『狆小屋』の強引な繁殖のせいにした。

そのようだな」

「何のことやら私にはわかりませんが」

勘十郎は大きな顔を横に振った。

「もはや、隠しても無駄だ」

剣一郎は詰め寄るように、

「佐高家で何者かが奥方に毒を盛ろうとした。だが、狆が身代わりになったのだ。この事実を隠蔽《いんぺい》するために、そなたは用人の津野さまに手を貸した。違うか」

「………」

「番頭だった平助は『狆小屋』の格太郎に、無茶な繁殖をしてきたせいで病気持ちの狆が生まれたと証言させた。狆の毒死を隠すためだ」

「私は佐高家で何があったかわかりません。ただ、毒死の事実を隠すように用人さまに頼まれて……」

勘十郎はたるんだ頰《ほお》を震わせた。

「津野さまはそなたに全幅の信頼があるようだ。毒殺を図った首謀者の名を聞いていよう。どうだ？」

「いえ。そこまではお話しくださいませんでした」

「片棒を担いだのだ。ある程度のことは聞いているはずだ」

「名前は聞いていません。ただ、次の藩主は矢之助君と信じている一派の者が暴走したと、用人さまは仰《おつしや》っていた。それだけです」

「藩主に矢之助君を推《お》す一派の仕業《しわざ》だと、津野さまは言っていたのだな」

「そうです」

「ほんとうに名前は聞いていないのか」

「聞いていません」

剣一郎は勘十郎の顔を見つめた。嘘をついているかどうか、わからなかった。

「ところで、そなたは木挽町にある口入れ屋『宝屋』と付き合いがあるようだが」

「『宝屋』ですか」

勘十郎の顔が微《かす》かに曇《くも》った。

「どうだ?」

「はい。下働きの者を世話してもらっています」

太助の言った通りだった。

「『宝屋』の主人の吉兵衛とも親しいのか」

「ええ、何度かお会いしたことはあります」

「どんな男だ？」

「あの界隈《かいわい》の顔役と言われていますが、実際は腰の低いお方です」

「伊佐治という番頭がいる。知っているか」

「はい」

「ここに来ることはあるか」

「たまにいらっしゃいます」

「どんな用でくるのだ？」

「世話をした者の働きぶりを調べに」

「そこまでするのか」

「はい」

「吉兵衛あるいは伊佐治は津野さまとは会ったことは？」

「ありません」

微かに目が泳いだような気がした。

「伊佐治は平助を知っていたな」

「はい」

「客の女と問題を起こし、平助が『三条屋』を辞めさせられたことを、伊佐治は知っていたのか」

「………………」

「どうした？」

「知っていたかもしれません」

勘十郎は目に不安の色を浮かべ、

「青柳さま、いったい何をお調べで？」

と、きいた。

「じつは平助と格太郎の件だ」

「どういうことで？」

「平助が格太郎を殺し、首を括《くく》ったということになっていたが、どうやら違うようだ。ふたりとも殺されたのではないか」

「えっ？」

勘十郎は目を剝《む》き、

「誰がそのようなことを？」

と、声を上擦《うわず》らせてきいた。

「平助と格太郎はつるんで何者かを強請《ゆす》っていたのではないかと考えている。だとすれば、強請られていた者が……」

「まさか」

「今、調べが進んでいる。そのうち、はっきりするだろう」

「………」

勘十郎は押し黙った。

「そなたは、日本橋本石町にある紙問屋『美濃屋』の主人を知っているか」

「はい」

「親しいのか」

「『美濃屋』さんも佐高家に出入りをしていますので……」

「津野さまから『美濃屋』の話を聞くことはあるか」

「いえ、ありません」

「そうか」

「そのことが何か」

「いや、なんでもない。邪魔をした」

剣一郎は腰を上げた。

剣一郎は尾張町に向かった。

口入れ屋『宝屋』が見えてきたとき、近づいてくるひとの気配がして、剣一郎は顔を向けた。

「太助か」

「はい。伊佐治はまだ動いていません」

太助は言ったあとで、

「それより、さっき『宝屋』から出てきた若い男がいました。二十二、三歳で、暗い表情でしたが、細身のすっきりした顔立ちでした。他の連中と雰囲気が違っています。市太郎ではないかと」

「ありうるな。よし、吉兵衛に会ってみよう。太助はまだ、顔を晒《さら》さぬほうがいい」

「わかりました」

剣一郎は『宝屋』の暖簾《のれん》をくぐった。

帳場格子《ちょうばごうし》がふたつあり、ひとつに男が座っていた。

「吉兵衛に会いたい」

「へい」

男は剣一郎だと気づいたようで、急いで奥に向かった。

すぐに戻ってきた。

「どうぞ、こちらに」

上がるように勧《すす》めた。

「よし」

剣一郎は腰から刀を外し、板敷きの間に上がった。そして、男のあとをついて、長い暖簾をかき分けた。

内庭に面した部屋に通された。

待つほどの間もなく、小柄で貧相な感じの年寄がやってきた。言われなければ、顔役だとはとうてい思われない。

「これは青柳さま」

目の前に腰を下ろし、

「何の御用ですか」

と、きいた。

「呉服問屋の『三条屋』に奉公人を世話しているようだな」

「はい。それが何か」

「『三条屋』とは奉公人の世話以外に付き合いはあるのか」

「いえ、ございませんが」

「日本橋本石町に『美濃屋』という紙問屋があるが、そこと取引は?」

「いえ、ありません」

「そうか」

剣一郎は吉兵衛の顔を見つめ、

「丹後山辺藩佐高家とはどうだ?」

と、きいた。

「いえ」

「取引はないのか」

「はい」

吉兵衛は答えてから、

「青柳さま。いったい、何のお調べでございましょうか」

と、挑《いど》むような目を向けた。

「ただ、確かめているだけだ」

剣一郎は受け流すように言い、

「竹蔵という遊び人を知っているな」

「はい」

「なぜ、知っているのだ？」

「この界隈の地回りはあっしに挨拶《あいさつ》にきますので」

「竹蔵の仲間の金助と熊蔵もいっしょだな」

「はい」

「ところで、竹蔵は半年前から急に羽振りがよくなり、料理屋の『川松』にも行くようになった。何でそんなに儲《もう》けたのかわかるか」

「博打《ばくち》でしょう」

「しかし、金助と熊蔵も金回りがよくなったようだ。三人が同じように博打で大儲けするなど、ちと考えにくいが」

「そんなこともございましょう」

吉兵衛は気のないように答える。だが、目は鈍く光っていた。

「三人で金になる仕事をこなしたのではないかと思うのだが、そなたのほうで何か割のいい仕事を与えなかったか」

「いえ、あっしは何にも」

吉兵衛は厳しい顔で答える。

「伊佐治という番頭がいるな。そなたの右腕か」

「伊佐治が何か」

「ちょっと伊佐治にもきいてみたいことがあるのだ。呼んでもらえぬか」

「青柳さま。いったい、どういうことでございましょうか。まるで、取調べのようですが」

「そう固く考えないでもらいたい。ちょっと確かめたいことがあるだけだ」

「わかりました。呼んでまいります」

吉兵衛はおもむろに立ち上がった。

「自分で呼びに行くのか」

「はい。女中に頼んでひまがかかるといけませんので」

そう言い、吉兵衛は部屋を出て行った。

なかなかやって来ない。ふたりで口裏を合わせているのだろう。

それからしばらくして、障子が開いた。

「失礼します」

男が入ってきた。三十歳ぐらいのいかつい顔の男だ。

剣一郎の前に畏《かしこ》まり、

「伊佐治でございます。お呼びだそうで」

と、警戒ぎみに口を開いた。

「ききたいことがあってな」

「へい」

「そなたは平助と格太郎を知っているな」

「いえ、はじめてきく名前です」

吉兵衛の助言を得たのだろう、即座に返事があった。

「では、日本橋小舟町に住むおまきという女を知っているか」

「いえ、知りません」

「二十五、六歳の瓜実《うりざね》顔で、首の長い女だ。知らないか」

「へい」

京之進から聞いた、おまきの家を訪れていた男が伊佐治ではないかと、剣一郎は思っている。

「小舟町の家に行ったことはないか」

「ありませんよ」

「そうか、それならいい」

剣一郎はすぐ引き下がり、

「竹蔵を知っているな」

と、新たにきいた。

「知っています」

「なぜ、知っているのだ？」

「うちの旦那のところに挨拶にきましたから」

「最近、竹蔵に会ったか」

「いえ、会っちゃいません」

「なぜだ？」

「会うほどの仲じゃありませんから」

「先日、呑み屋で竹蔵と会った。そのとき、戸口に誰かが立った。だが、わしと話していたので遠慮したのか、引き返していった。そなたではなかったのか」

「違います」

「半年前はどうだ？　平助と格太郎が殺される前だ。ふたりに会っていないか」

「会っていません」

「竹蔵は半年前から急に羽振りがよくなり、料理屋の『川松』にも行くようになった。何でそんなに儲けたのかわかるか」

吉兵衛にしたのと同じ問いかけをした。

「さあ、わかりません」

「そうか。吉兵衛は博打ではないかと言っていたが」

「…………」

「ところで竹蔵は『川松』のおみよという女中に入れ揚げているようだが？」

「さあ、あっしは知りません」

「おみよは吉兵衛が可愛がっている女のようだが？」

「旦那の娘さんの幼なじみなんですよ。それで、自分の娘のように可愛がっているんでしょう」

「なるほど」

「ところで、さっき話した小舟町のおまきのことだが、そなたはおまきを知らない、家にも行ったことはないと言ったな」

「へい」

「間違いないか」

「間違いありません」

「最近、竹蔵に会っていないと言ったな」

「ええ、会っちゃいません」

「しかし、采女ケ原の馬場の脇で、そなたが竹蔵と話しているのを見ていた者がいる。そなたが、竹蔵に一方的に話していたそうではないか」

「…………」

伊佐治は顔色を変えた。

「どうした?」

「あれは会ったんじゃありません。偶然に出くわしたので、ちょっと声をかけただけです。あっしは竹蔵と会ったとは考えていなかったので」

「妙だな」

剣一郎はわざと首を傾《かし》げた。

「わしが呑み屋で竹蔵と会っていたとき、戸口に誰かが立ったと言ったな。わしと話していたので引き返していった。その男を見ていた者がいる。そなただったそうだ」

「何かの間違いでは……」

「そうか。わしの手の者が間違っているというのか。見ていたのはわしの手の者だ」

「あっしをつけていたんですかえ」

伊佐治は憤然とした。

「目をつけていたのは竹蔵だ」

「なぜ、竹蔵を？」

「半年前に平助と格太郎のふたりが死んだ件に、ある疑惑が生まれたのだ」

「どんな疑惑ですね」

「いや、関わりのないそなたに話しても仕方あるまい。それより、竹蔵と会っていたことを忘れていたようだが、だったら、小舟町のおまきのことも忘れていたのではないか」

「そんなことありません」

伊佐治はあわてて言う
「最後に、もうひとつききたい」

「へえ」

伊佐治は緊張した顔つきになった。

「そなたは『三条屋』の主人の勘十郎とは親しいのか」

「奉公人を世話しているところですから」

「丹後山辺藩佐高家とはどうだ？」

「………」

「どうした？　わしがどこまで知った上での問いかけか不安になったか」

「そんなことはありません。付き合いはありません」

「そうか。わかった」

剣一郎が話を切り上げると、伊佐治はほっとしたようにため息をついた。だが、目の奥が鈍く光っていた。


その日の夕方、剣一郎は本八丁堀一丁目の茂助の家を訪れた。

客間で、茂助とおときと向かい合った。

「市兵衛の倅《せがれ》の市太郎らしき男が尾張町にある口入れ屋の『宝屋』にいる。確かめたわけではないが、市太郎ではないかと思える」

「ほんとうですか」

「うむ。そなたの口から市兵衛にそのことを知らせてあげてもらいたい」

「もちろんです」

「その前にほんとうに市太郎かどうか確かめねばならない」

「どうやって確かめるのですか。市兵衛さんを連れて行って……」

「いや、市太郎は市兵衛を避けている。市太郎がなぜ市兵衛を避けているのか。おそらく、市太郎にはやましいところがあるのだ」

「やましいところ？」

　茂助が不安そうにきく。

「そうだ」

　剣一郎は茂助とおときを交互に見て、

「わしが市太郎に会っても、そのことがあるからわしには心を閉ざすだろう」

「何かやっているんですかえ」

「竹蔵という男といっしょにいたり、今は『宝屋』にいることから、市太郎は何らかの罪を犯していることが考えられる。しかし、これ以上の罪を犯させないためにも、市太郎を説き伏せねばならない」

平助と格太郎殺しに何らかの形で絡《から》んでいるのではないかと、剣一郎は睨《にら》んでいる。

「わかりました。あっしが市太郎さんに会ってみます。きっと市太郎さんを市兵衛さんのところに帰してみせます。市兵衛さんへのせめてもの恩返しのために」

「よし、頼んだ。明日、太助を迎えに寄越す」

「わかりました。必ず」

恩返しの機会がやってきたと、茂助は意気込んでいた。しかし、市太郎の心に届くかどうか、剣一郎は不安だった。

二

翌日、茂助は迎えにきた太助とともに、尾張町の『宝屋』にやって来た。

しばらく、『宝屋』を見ていると、数人の若い男が出てきた。

「あの男です。右端にいる二十二、三歳の男です。細身のすっきりした顔立ちの……」

「市太郎さんに間違いない。十五年前に吾妻橋で会った旦那にそっくりだ」

当時のことが蘇《よみがえ》り、茂助は胸の底から込み上げて来るものがあった。ため息とともに感傷を吐き出し、

「行ってきます」

と太助に言い、茂助は男たちに近づいた。そして、擦《す》れ違うときに、

「市太郎さん」

と、茂助は声をかけた。

細身のすっきりした顔立ちの男が振り向いた。

「誰だえ」

市太郎は不思議そうに茂助を見た。

「あっしは建具職人の茂助と申します。十五年前、家族で市兵衛さんに助けてもらった者です」

「親父に？」

「はい。ちょっとお話を聞いていただきたいのですが」

「親父に頼まれたのなら断るぜ。すまねえ、じゃあ」

先に行った連中のあとを追おうとした。

「待ってください。市兵衛さんとは関係ありません。どうか、話を」

仲間のひとりが戻ってきて、

「どうした？」

と、きいた。

「いや、昔の知り合いが……」

市太郎は曖昧《あいまい》に言う。

「俺たちだけで十分だ。おめえはこのひとに付き合え」

「すみません」

茂助は兄貴分らしい男に頭を下げた。

「どこか、ゆっくり話が出来る場所に」

茂助は辺りを見回してから、

「そこにそば屋があります。あそこで」

と、市太郎を引っ張って行った。

小上がりで差し向かいになり、酒を頼んだ。

「さあ」

酒が届いて、茂助は市太郎の猪口《ちょこ》に注《つ》ぐ。

自分の猪口にも注いだ。

「親父に助けてもらったってどういうことですね」

市太郎は酒を呷《あお》ってからきいた。

「聞いていませんか」

「いや、聞いたことはありません。あっしは狆の繁殖をしている親父を嫌ってましたから、じっくり話すようなことはなかった」

「狆の繁殖がいやだったんですかえ」

「やり方がです。狆が可哀《かわい》そうで。狆を苛《いじ》めて金を稼ぎ、その金で豪遊し、いい気になっていた。そんな親父に反発していた」

「そうですか」

茂助は市太郎の猪口に酒を注ぎ、

「十五年前の師走《しわす》でした。あっしは体を壊し、働けなくなり、借金も返せず、にっちもさっちもいかなくなっちまいましてね。あっしにはかみさんと五歳の娘がいたんです」

と、語りはじめた。

「死ぬしかないと思い、かみさんと娘を連れ、雪が舞う中を吾妻橋の真ん中まで行き、そこから川に飛び込むつもりでした。あっしは娘に詫《わ》びました。不甲斐《ふがい》ないおとっつあんを許してくれと。そのとき、飼っていた犬のシロが駆けつけてきたんです。長屋の中に縛って出てきたのですが、縄を解いて追ってきたんです。シロに長屋に帰るよう言いました。長屋のひとが面倒みてくれるからと。聞き分けたのか、シロは急にどこかに行ってしまいました」

あのときの苦しみが蘇り、茂助は深呼吸をして気を鎮《しず》めた。

「かみさんと娘が離ればなれにならないよう帯で縛り、欄干《らんかん》からふたりを突き落とそうとしたとき、シロが体当たりをして止めたのです。それから、いきなり、おまえさんたち、ばかなことを考えているんじゃないだろうなという声がしたのです。今でもはっきりそのときのお顔を覚えています。羽織を着た三十歳ぐらいのがっしりした体の男のひとでした。きりりとした顔立ちで、目が大きく、鼻が高い。あっしはさっきあなたをお見かけしたときすぐに市兵衛さんの息子さんだとわかりました」

「…………」

「その当時は名前は知りませんでしたが、市兵衛さんに事情をきかれ、死ななければならない理由を話しました。借金を期日までに返せなければ女房を岡場所に売るか、子どもを吉原に……」

茂助は息継《つ》ぎをし、

「市兵衛さんは、橋を戻ったところにあるそば屋に連れて行ってくれ、温かいそばを食べさせてくれました。そのとき、これしか持ち合わせがないが、今夜はこれを持って長屋に帰れと言い、十両をくれました。足りない分は明日、おまえさんのところに届ける。いいか、もうばかなことを考えず、この子のためにも負けちゃだめだと叱《しか》ってくれました。その夜は長屋に帰りました。翌日、市兵衛さんがやって来て、袱紗《ふくさ》包みを出しました。五十両入っていました。やるんじゃねえ。貸すんだ。だが、心配するな。催促無しのあるとき払いだ。金があまりそうなら、娘さんに習い事でもさせてやることだ、と市兵衛さんは言ってくれました。名前をきいたのですが、名乗るようなものじゃないと教えてくれませんでした。お礼を言っても、礼をいうなら犬に言えと」

「犬に？」

「ええ、シロのことです。娘が三歳のときにうちに来ましてね。今も元気でおります。娘のそばで見守ってくれています」

「そうですか」

「市兵衛という名だとわかったのは、最近のことです。偶然に町中でお会いしたからです。市兵衛さんはあっしら親子の命の恩人なんです」

「親父がひと助けをしていたんですか」

市太郎は呟《つぶや》くように言い、

「ずっと冷たいひとだと思っていました」

「違います。市兵衛さんはそば屋で十両をくれ、約束どおりに次の日にわざわざ長屋まで来てくれたのです」

「親父にもそんな面があったんですね」

市太郎はしんみり言う。

「あのとき、助けていただいた娘も今は二十歳で、今度赤子を産むんです。あのとき、市兵衛さんがいなかったら、生まれなかった命なんです」

茂助は身を乗り出し、

「市太郎さん、どうか市兵衛さんのところに帰ってあげてくれませんか。今の市兵衛さんは十五年前のお方とは別人です。ただ、市太郎さんのことだけが生きる糧《かて》のようです」

「…………」

市太郎は俯《うつむ》いた。

「市太郎さん、帰ってくださいませんか」

「だめなんです」

顔を上げ、市太郎は泣きそうな声で言った。

「何がだめなんですか、もし、お金のことなら」

茂助は声を抑えて訴えた。

「市兵衛さんからお借りしたお金はいつかお返ししようと、とってありました。六十両あります。利子はつけられませんが」

「申し訳ありません。もう、だめなんです」

「なぜですか」

茂助は迫った。

「市太郎さんはなぜ、『宝屋』にいるのですか」

「茂助さん。親父の話を聞けてよかった。親父にもそんな一面があったと知って、あっしは救われた気がします」

「市太郎さん、おまえさんもほんとうは市兵衛さんが恋しいんじゃないですかえ」

「………」

「市兵衛さんもおまえさんのことを大事に思っているんじゃないですか。今の市兵衛さんはあっしが知っている市兵衛さんじゃない。あのときの市兵衛さんに戻っていただきたいんです。そのためには市太郎さんが……」

「あっしは狆を金儲けの道具にしている親父のやり方を許せなかった。おふくろも同じでした。おふくろは家を出て行ってしまったが、あっしは親父を見限ることは出来なかった。でも、七年前、親父が廃業に追い込まれたとき、あっしは親父のもとを去った……」

「おふくろさんは今どこにいるのですか」

「下谷車坂町《したやくるまざかちよう》の長屋でひとりで暮らしています」

「市兵衛さんと縒《よ》りを戻すつもりはないんでしょうか」

「ありえませんよ」

市太郎は吐き捨てた。

「こんなことを言っては失礼ですが、市兵衛さんが苦境に陥ったときになぜ見捨てるような真似を？」

「あのとき、狆が急死したんです。親父の金儲けの犠牲になったんです。番頭だった格太郎がしきりに父のやってきたことを批判していました。あっしも、改めて親父のやってきたことを許せないと思ったのです。廃業に追い込まれたのは、罰が当たったのだと思いました」

「今でも、許せないんですか。商売をやめてもう七年も経《た》つではありませんか」

「いえ、今は……」

「じゃあ、どうして？」

「あっしは……」

市太郎は言いさして、苦しそうに顔を歪《ゆが》めた。

「ともかく、今は事情があって帰ることは出来ないんです。茂助さん、親父にあっしの居場所を教えないでください」

「いったい何をこだわっているのですか。事情とは何なのですか」

茂助はいらだった。

「すみません。親父に……」

「なんですね」

「市太郎はいなかったものと思ってくれと伝えてください」

「なんですって。そんなこと、言えませんぜ。それを言うなら、直《じか》に市兵衛さんに言ってください。やっぱり、市兵衛さんにおまえさんの居場所を知らせます」

「待ってくれ。三日待ってくれ」

市太郎はあわてて言う。

「三日？　三日で何か変わるんですか」

「あっしにはやらねばならないことがあるんです」

「なんですか、それは？」

「茂助さん。今言えるのはそれだけなんです」

そう言い、市太郎は小上がりから下りた。

「市太郎さん、待ってください」

「茂助さん、いい話を聞かせていただきました。礼を言います。三日待ってください。ご馳走になりました」

市太郎は戸口に向かった。

茂助が外に出ると、太助が近づいてきた。

「いかがでしたか」

「心底、市兵衛さんを避けてきたわけではないようです。あっしの話に耳を傾けてくれましたから。ただ、気になることが」

「なんですね」

「市太郎さんには何か切羽詰まった事情があるようです」

「切羽詰まった事情ですかえ」

「やらねばならないことがあると言ってました。だから、自分の居場所を市兵衛さんに知らせるのは三日待ってくれと」

茂助は説明する。

「三日ですか」

太助は首を傾げ、

「この三日のうちに何かをするってことでしょうか」

「ええ、何をするのでしょうか」

「わかりました。このことを青柳さまにお知らせします」

そう言い、太助はあわてて去って行った。

茂助はなんとなく不安に襲われながら、秋晴れの空を見上げた。

三

その頃、剣一郎は本石町にある紙問屋『美濃屋』の客間で、主人の功右衛門と会っていた。

「青柳さま、いったいどのような御用で？」

功右衛門は訝《いぶか》しげにきいた。

「茂助の娘のおきよのことだ。おきよは身籠《みご》もり、入谷の寮《りょう》で過ごしているようだな」

「はい」

「お腹の子の父親は佐高家の矢之助君だな」

「…………」

功右衛門は返答に詰まった。

「隠さずともよい。おきよは佐高家の月見の会で、矢之助君の目に留まり、その後も、矢之助君はおきよを呼び出していたのだろう」

「はい」

功右衛門はため息混じりに答えた。

「入谷の寮で過ごすことになったのは用人の津野紋兵衛さまの頼みか」

「さようでございます。矢之助君の子だとわかると、御家騒動の種になる恐れがあるというので、私の伜の子ということにして入谷の寮で産ませることにしました。その際、用人さまは念のためにということで警護の侍をつけてくださいました」

「何か懸念があったのか」

「お世継ぎのことでかつて騒ぎを起こしているので、万が一のことを考えて、すべて内密に動いていると」

「これまでに、入谷の寮で何か起こったということは？」

「ありません。何ら問題はなく、おきよの身もお腹の子も順調です」

「そうか。矢之助君が入谷の寮に来たことは？」

「ありません。矢之助君は行きたいと言っているようですが、用人さまが引き止めているそうです」

「それほど矢之助君の子であることを隠そうとするのは、津野さまによほど警戒すべき何かがあったのであろうか。具体的に、誰を警戒しているとか言っていたか」

「いえ、具体的なことは仰っていません」

「そうか。ところで、そなたは七年前、佐高家で奥方が飼っていた狆が急死したという騒ぎを知っているか」

「『三条屋』さんが献上した狆のことですね。用人さまからお聞きしました」

「実際に何があったのかは?」

「おきよを入谷の寮に預かるとき、七年前の狆の死は毒を飲んだことによるものだったと打ち明けられました。当時、奥方は身籠もっていらっしゃったそうですね。奥方は何者かに毒を盛られたが、狆のおかげで助かったと。そのような前例があるので、矢之助君の子であることは秘密にしなければならないのだと」

「矢之助君の子であることを知っているのは津野さまにそなたと息子、そして茂助夫婦、それ以外にいるか」

「用人さまの周辺のお方はご存じでしょう」

「入谷の寮にいる警護の者はどうだ?」

「当然、聞かされていると思います」

「であろうな。でなければ、なぜ警護をするのかわからぬだろうから」

「はい」

功右衛門は答えた。

「茂助によると、お腹の子の父親は誰かとききにきた謎の侍がいたという。そなたには心当たりはないか」

「正室として迎えるお方の実家の侍ではないかと思われます。今年の花見の宴《うたげ》には正室になられるお方も招かれておりました。供の侍ではないでしょうか」

「なるほど。それは考えられるな」

剣一郎は頷《うなず》いた。

「青柳さま。何かご懸念が？」

「うむ。わざわざ警護の侍をつけたことが気になるのだ。津野さまは矢之助君の子を始末しようとする一派の動きを察知しているのではないかと思える」

「そうですね」

功右衛門は真顔になった。

「そこで、そなたに相談がある」

「なんでございましょうか」

剣一郎は頼みごとをして、『美濃屋』をあとにした。

『美濃屋』を出たところに太助がいた。太助は目顔《めがお》で頷き、お濠《ほり》のほうに向かった。剣一郎はあとを追う。

お濠端の柳の木のそばで太助が待っていた。剣一郎は横に並んだ。

「茂助さんが市太郎と会いました」

そのときのやりとりを太助は語った。

「三日か」

剣一郎は呟いたあと、

「敵はいよいよ動くか」

と、深呼吸をした。

「太助、竹蔵を見張るのだ」

「わかりました」

「わしは奉行所に戻り、夕方、市兵衛に会いに行く」

剣一郎はお濠沿いを数寄屋橋《すきやばし》御門内にある南町奉行所に急いだ。


夕方になって、剣一郎はいったん八丁堀の屋敷に戻り、編笠をかぶって改めて出かけた。永代橋を渡る頃には空は薄暗くなっていた。

深川の万年町一丁目の『嘉田屋』に行ったが、市兵衛はまだ帰っていなかった。剣一郎はあとで出直すつもりで外に出た。

富岡橋の袂《たもと》に不審な人影があった。屋敷を出たときからずっとつけてきた浪人だ。ふたりいた。

剣一郎は人気《ひとけ》のない場所に誘い込むように霊巌寺《れいがんじ》脇の路地を入り、寺の裏手にある雑木林の中に入って行った。

浪人もついてきた。雑木林の中の比較的広い場所で、剣一郎は立ち止まった。

「わしに用か」

剣一郎は声をかけた。

「屋敷からつけてきたな。ごくろうなことだ」

浪人は刀を抜いた。ふたりとも三十前後だ。

「誰に頼まれた？」

「…………」

「八丁堀の与力を襲うとはよい度胸だ。容赦《ようしゃ》はせぬ」

剣一郎は刀の鯉口《こいぐち》を切った。

浪人は正眼《せいがん》に構え、間合を詰めてくる。痩身《そうしん》ながらしなやかな体つきで、動きも素早そうだった。

「いくらもらったのか知らぬが、僅《わず》かな金のために己の身を賭けて割に合うと思っているのか」

「問答無用」

そう叫び、裂帛《れっぱく》の気合いで、相手は踏み込んできた。剣一郎は相手を十分に引き付けてから上段から振り下ろされる剣を横に避《よ》けた。続けて相手が横一文字に斬《き》りつけるのを後ろに飛び退《の》いて避ける。相手は休むことなく、体勢を立て直すと、もう一度上段から斬りつけてきた。

剣一郎は抜刀して相手の剣を弾《はじ》いた。激しく火花が散った。相手は少しよろけたが、すぐに立ち直り、剣を構えた。だが、それより早く、剣一郎の剣の切っ先が相手の二の腕を掠《かす》めていた。

相手は剣を落とした。もう一方の手で押さえた二の腕から血が流れた。瘦身の浪人は片膝《かたひざ》をついて呻《うめ》いた。

もうひとりの浪人が八相《はっそう》から迫ってきた。剣一郎は正眼に構えて言う。

「無駄だ。それより、仲間の手当てをしてやれ。早くしないと二度と剣が使えなくなる。いいのか」

目の前の浪人の動きが止まった。

「誰に頼まれたか言うのだ。言えば、このことは目をつぶろう。言わないと、小伝馬町の牢《ろう》に送る」

「……………」

「言うのだ」

「佐高家の武士だ。名乗らなかった。頭巾《ずきん》を被っていたから顔もわからない」

浪人は声を震わせた。

「いくらで請け負った？」

「金じゃない。仕官だ」

「仕官？」

「そうだ。青痣与力を斬れば、佐高家に仕官出来るように取り計らうと」

「信じたのか」

「信用出来ると思った」

「まったく関係ない屋敷の名を出したかもしれぬ。そのことは考えなかったか」

「……………」

「奉行所与力を殺《や》ることにためらいはなかったのか」

「なんとしてでも、浪人暮らしから抜け出したかった」

「だからといって、奉行所の与力を襲えば死罪か遠島になるかもしれぬではないか」

「………」

「それより、本気で仕官出来ると思ったのか」

「わからない。でも、それにすがるしかなかった」

「ひょっとして、そなたたちには妻子がいるのか」

「………」

　ふたりとも同時に肩を落とした。

「いるのだな。もし、失敗して捕まったり命を落としたりしたら、妻子はどうなるか考えたことがあるのか。家族を悲しませないためには、腐らず、自棄《やけ》にならず、地道にやるしかない。きっとお天道様は見ている。まっとうに生きていけば、必ず運もまわってこよう。さあ、早く行け」

「失礼いたします」

　頭を下げて、その場を去ろうとしたとき、

「ひとつ、教えてもらいたい。いつも、そなたたちはどこで仕事を斡旋《あっせん》してもらっているのだ？」

「尾張町の『宝屋』という口入れ屋です」

「佐高家の武士とは『宝屋』に世話にされた者か」

「いえ。佐高家の武士から会いに」

「そうか。わかった」

浪人ふたりは雑木林を出て行った。

佐高家の武士は『宝屋』から今の浪人のことを聞いたのかもしれない。浪人が会ったという佐高家の武士は誰か。もちろん、本人が認めるはずはなく、突き止めることは無理だ。だが、想像はつくと、剣一郎は思わず頷いた。


再び、剣一郎は『嘉田屋』に行った。市兵衛は帰っていた。

剣一郎は離れで、市兵衛と差し向かいになった。

「どこに出かけていたのだ?」

「へえ、ちょっと」

「市太郎を探して歩きまわっていたのか」

「……はい」

市兵衛は目を伏せた。

「平助と格太郎が死んだ件は、そなたが考えたような筋書きだったに違いない。平助と格太郎は市太郎を仲間に引き入れ、七年前の狆の毒死をネタに佐高家のある人物を脅し、金をとろうと画策したのだ。だが、強請りは失敗した。平助と格太郎は殺された。だが、市太郎は無事だった」

「市太郎は平助と格太郎を殺した側の仲間だったんです」

市兵衛はため息混じりに呟く。

「いや、市太郎は毒死を隠した佐高家に対して怒りを持っていたのではないか。だから、格太郎たちと組んだのだ」

「でも、平助と格太郎は殺されたのに、市太郎だけは助かりました」

「わしはこう考えた。市太郎は平助と格太郎ほど、深く強請りに関わっていなかったのかもしれない。用人といっしょに会った武士の名をそなたにききにきたのは、あくまでも平助と格太郎に頼まれたからだ。だから、敵は市太郎を見過ごしたのだ。だが、そのうち、市太郎の存在がわかってしまった。それで、口を封じる意味で竹蔵たちは仲間にした。あるいは市太郎を脅しているのかもしれない」

「青柳さま。それでは市太郎は罪を犯していないかもしれないのですね」

「わしはそう思う。ただ、真相を知っているゆえ、半ば敵の中に軟禁されているのだ」

「市太郎はどこに？」

「よいか。市太郎がへたに外部の者と接触したら、たとえ父親といえど、秘密をもらすかもしれないと疑《うたぐ》られるだろう。そうなると、そなたの身に危険が迫る。あとはわしらに任せるのだ。今は、そなたは動かないほうがいい」

「でも……」

「市太郎は悪党の仲間になりきっていないようだ。だとすると、敵は市太郎をいつか口封じするつもりでいると考えられるのだ」

「わかりました」

市兵衛は顔色を変え、

「どうか、市太郎をお守りください」

と、訴えた。

「うむ。もうしばらくの辛抱だ」

「はい」

剣一郎は腰を上げた。

八丁堀の屋敷に帰ると、京之進が待っていた。

「青柳さま。小者から報告が入りました。竹蔵と金助、それに熊蔵の三人が入谷の『美濃屋』の寮の周辺をうろついていたそうです」

「いよいよか」

剣一郎は眉根を寄せた。

市太郎は三日待ってくれと言ったという。市太郎も仲間に加わるのだろうか。

「おそらく、明日の夜か明後日の夜、竹蔵たちは入谷の寮に忍び込み、おきよを殺害しようとするだろう」

「寮の中には護衛の侍がいるのですよね」

「下働きの姿をした侍が三人いる。しかし……」

「何か」

「おきよを亡きものにしようとする黒幕があの人物なら……」

剣一郎は頭の中を忙しく回転させた。

「入谷の寮の近くの百姓家かどこか、部屋を借りられるところを探してくれぬか。わしは明日の夜、そこに泊まる」

「わかりました。私もごいっしょします」

京之進が言った。

自分の考えが間違っていなければ、おきよは敵の真っ直中にいることになるのだ。おきよとお腹の子はなんとしてでも守らねばならぬと、剣一郎は自分に言い聞かせた。

四

翌朝、茂助は下谷車坂町の長屋を訪ね回った。大家に、四十歳ぐらいの独り暮らしの女が住んでいないかときいてまわった。

そして、ようやく、おさわという女がそれらしいとわかり、茂助はおさわの住まいに行った。

古い長屋で、建物が少し傾いでいるようだ。

深呼吸をしてから、茂助は立て付けの悪い腰高障子《こしだかしょうじ》を開け、

「ごめんくださいまし」

と、声をかけた。

「はい」

四十年配の女が部屋から返事をした。女は仕立ての仕事をしていた。

茂助は土間に入り、

「あっしは建具職人の茂助と申します。おさわさんですか」

と、確かめる。

「はい。おさわですが」

おさわは不審そうな目を向けた。

「たいへん失礼でございますが、おさわさんは市太郎さんの母さまで？」

「市太郎？　市太郎がどうかしたのですか」

おさわは立ち上がって、上がり框《かまち》まで出てきた。

「いえ、そういうわけじゃありません」

茂助は頭を下げてから、

「少し、お話をさせていただいてよろしいでしょうか」

「なにを？」

「へえ、あっしら一家の恩人について」

「恩人？」

おさわは怪訝そうな顔をした。

「十五年前の師走、あっしは女房と五歳の娘を道連れに吾妻橋から大川に飛び込もうとしました。そこに三十歳ぐらいの羽織を着た旦那が通り掛かったのです」

一家心中をしなければならなかった事情から、その旦那に助けられたことまでを一気に話した。おさわは唖然《あぜん》として聞いていた。

「あっしはそのお方のお蔭《かげ》で、今日までそれなりの暮らしをしてこられました。そのお方は名も言わず、どこのどなたかもわかりません。あっしはいつもそのお方の恩を忘れたことはありませんでした。ところが、先日、偶然にもそのお方に巡り合ったのです。落魄《らくはく》した姿に最初は目を疑いました。でも、あっしははっきり顔を覚えています。あっしら家族の命の恩人に間違いありません。それで、そのお方に会いに行きました」

「………」

「そのお方とは市兵衛さんです」

おさわは口を半開きにした。

「それはほんとうなんですか」

おさわはきいた。

「ほんとうです」

「あのひとがそんなことを……」

「やはり、おかみさんにもそのことを話していなかったのですね」

「でも、そのお金のことはよく覚えています」

「お金のこと」

「ええ、十五年前、支払いのために用意していた五十両をあのひとが勝手に使い込んでしまったんです。なにに使ったのかきいても曖昧に答えるだけでした。当時、あのひとはあっちこっちの女にいい格好をしていたので、てっきり女に使ったのだろうと」

「いえ、そうじゃありません」

「私はそう思っていました。それからだんだん、あのひとが信じられなくなって……」

「違うんです。あっしら親子を助けてくれたんです。いつか恩返しをしたいとずっと思ってきました。おかみさん、市兵衛さんともう一度やり直すことは出来ないでしょうか」

「やり直す？」

おさわは儚《はかな》い笑みを浮かべた。

「もう別れて十年ですよ」

「だからなんだっていうんですかえ」

茂助は強く訴えた。

「市兵衛さんがとんでもなくいやな野郎なら、こんなことを言いやしません。市兵衛さんは雪の夜、川に飛び込もうとしたあっしらを助けて、近くのそば屋に連れて行ってくれたのです。そこで事情を聞いてくれて、持ち合わせの金十両を貸してくださいました。足りないぶんは明日長屋に届けると仰って。あっしはわざわざ長屋まで訪ねてはきまいと思っていました。ところが、次の日、ほんとうにやってきてくれたのです」

「………」

「市兵衛さんはそういうお方なんです。そのために、おかみさんとの関係がぎくしゃくしたなんて……」

茂助は声を振り絞《しぼ》って、

「そんなやさしいお方が今のような不仕合わせな目に遭っていいんですかえ。ひと助けをしたお方ですぜ」

おさわは俯いた。

「市兵衛さんは深川の万年町一丁目にある『嘉田屋』という履物屋の離れに住んでいます。一度、訪ねてみてくれませんか」

「………」

「それから昨日は市太郎さんにも会いました」

「市太郎はどこに?」

おさわは顔を上げた。

「今、あるところにおります。市太郎さんを交えて話し合い、親子がいっしょになれるように祈っております」

茂助は言い、おさわの住まいをあとにした。

茂助は本八丁堀の家に帰った。

おときが迎えに出て、

「おまえさん、これからおきよのところに行ってこようかと思って」

「どうしたんだ?」

「いえ、昨夜、シロの夢を見て」

「どんな夢だ?」

茂助は驚いてきき返す。

「シロが家の前でワンワン吼《ほ》えて、出て行くと一目散《いちもくさん》に入谷のほうに走って

「そうか。じつは俺もシロの夢を見た。仕事をしているところにやってきて、俺の着物をくわえて引っ張るのだ」

「おまえさんまで」

おときは顔色を変えた。

「まさか、おきよの身に何か」

「ばかな」

茂助は言ったが、

「よし、俺も行こう」

「私は今夜は向こうに泊まるわ」

「よし、俺もそうする」

それから、茂助は一仕事して、一番弟子にあとを任せ、家のことは内弟子と女中に頼むと、夕七つ（午後四時）前に家を出た。

半刻（一時間）余り後、茂助とおときは入谷の寮の門を入った。

庭に見慣れぬ下働きの男がいた。中肉中背で、背中が丸く、年配のようだ。

「あのひとは？」

茂助は寮番の男にきいた。

「今朝、旦那さまが連れてきなさった下働きの男です」

「下働き？」

「ほれ、三人いますが、あのひとたちは何もしませんから」

「ああ、それで」

三人は下働きに化けているだけで、実際に仕事は何もしていないのだ。

シロが飛んできた。

「シロ、わかったか」

茂助はシロの顔に頬擦《ほおず》りをした。シロは顔をぺろぺろ舐《な》めてきた。

「よしよし」

「シロ、夢に出てきたけどなに？」

おときが声をかけると、シロはおときに向かった。

いっとき、シロとの再会を楽しんでから、ふたりはおきよの部屋に行った。

「おとっつあん、おっかさん、いらっしゃい」

おきよが笑顔で迎えた。

「庭の散策から戻ったら、急にシロが門のほうに駆けて行ったから、そうじゃないかと思って」

「ああ、シロが迎えに出てくれた」

「私が庭を散策するとき、いつもそばにいてくれるのよ」

「シロはおきよを守っているのだ」

茂助は庭に目をやり、縁側の下に座っているシロを見た。

「おきよ、今晩泊まっていっていいかしら」

おときがきいた。

「泊まっていけるの？　おとっつあんも？」

「ああ。そのつもりでやってきた」

茂助は答えた。

「よかった。久しぶりに皆で過ごせるのね」

「ああ」

茂助は目じりを下げてから、

「そういえば、新しい下働きの男がやって来たそうだな」

「ええ。旦那さまが今朝、連れてきたのよ」

「そうだってな」

「おとっつあん、何か」

「いや、なんでもない」

茂助は首を横に振った。

「そうそう、十五年前に私たちを助けてくれたお方のことは何かわかったの？」

おきよがきいた。

「息子の市太郎さんと別れたおかみさんに会ってきた。皆でいっしょに暮らせないかと訴えてきたところだ」

茂助は市太郎とおさわに会ったときのことを話した。

「そう、うまくいってくれるといいけど」

「必ず、うまくいくさ。ひと助けをした市兵衛さんが不仕合わせになるなんて、道理に合わねえ」

俺が必ずなんとかすると、茂助は気負い立った。

それから、茂助は立ち上がって、廊下に出た。シロが近づいてきた。辺りは薄暗くなり、風もひんやりしてきた。丸くなりかけた月が明るく輝いていた。もうすぐ中秋の名月だ。

部屋の中では、おときとおきよの話が弾《はず》んでいる。やはり、母娘のほうが話題は尽きないようだ。

シロが背後を振り向いた。その先に、新しく来た下働きの男が通った。何をしているのかと、茂助は気になった。

自分たちの部屋にいるのか、警護の三人の男の姿は見えない。

「シロ、あの男はだいじょうぶか」

茂助はシロにきいた。

シロは首を傾げた。

「おまえにきいてもわかるはずないな」

茂助は苦笑した。

夕餉《ゆうげ》の支度が出来たと女中が呼びに来た。シロも台所に向かった。

剣一郎は『美濃屋』の寮が見通せる百姓家の納屋《なや》にいた。そこに太助と京之進もいる。

「いい月ですね」

太助が窓の外に目をやりながらきいた。納屋にも月明かりが射し込んでいた。

月の位置も変わった。五つ半（午後九時）を過ぎた頃、京之進が手札を与えている岡っ引きが納屋にやってきた。

「竹蔵たちがこの先の寺の境内《けいだい》に入りました」

「三人か」

剣一郎はきく。

「いえ、四人です」

「四人……。もうひとりは二十二歳くらいの男か」

「そうです」

市太郎だと思った。

「四人で寮に押し入るつもりなんでしょうか」

京之進がきいた。

「おそらくな」

竹蔵は半年前に平助と格太郎を殺した。何者かの依頼によっての殺しであり、今回もまた同じ人物から命令を受けているのだろう。

しかし、今回は前回とは目的が違うはずだ。

四つ（午後十時）を過ぎた。そろそろ動きだすはずだ。剣一郎は小窓から『美濃屋』の寮のほうを見た。

　茂助とおときはおきよの隣の部屋に寝床《ねどこ》を作ってもらった。縁側に沿った部屋だ。シロの寝床は縁側の下にある。

　おときとおきよはまだ話し足りないようだったが、ようやくおときが寝間にやってきた。

「ずいぶん話が弾んだな」

「ええ。久しぶりにたくさん話が出来て楽しかったわ」

「それはよかった」

　枕元の有明行灯《ありあけあんどん》の仄《ほの》かな明かりが灯《とも》っているだけで、辺りは真っ暗だった。瞼《まぶた》が重くなり、いつの間にか寝入った。

　だが、シロの唸《うな》り声でふと目を覚ました。シロが雨戸をしきりにがりがりひっ搔《か》いていた。

「シロ、どうしたのかしら」

　おときも起きていた。

　茂助は寝床を出て、障子を開けて廊下に出ると、雨戸のさるを外した。

戸を開けると、月明かりと共にシロが廊下に駆け上がった。

「シロ、どうしたんだ?」

そのとき、おきよの悲鳴が上がった。シロがおきよの部屋に突進し、障子を突き破って部屋に入った。

茂助はあわてておきよの部屋に向かった。

障子を開けて、茂助はあっと叫んだ。部屋に頰かぶりをした賊《ぞく》が侵入していた。中肉中背の男に長身の男、そして大柄な男。三人の背後にもうひとり細身の男がいた。

三人は匕首《あいくち》を握っていた。

シロがおきよを庇《かば》うように唸りながら、賊と対峙《たいじ》している。

「なんだ、おまえらは?」

茂助は声を張り上げた。

賊のひとりがおきよに向かって行った。シロがその男に飛び掛かった。男は仰向けに倒れた。その間に、長身の賊がおきよに迫った。

「シロ、こっちだ」

茂助が叫んだ。シロが倒した男から離れ、おきよに迫った長身の男に突進した。男は腕を嚙《か》みつかれて悲鳴を上げた。その間に、大柄な男がおきよを追った。茂助は男にしがみついたが、弾き飛ばされた。

「シロ」

茂助はシロを呼んだ。

だが、大柄な男はすでにおきよの襟《えり》首を摑《つか》み、匕首を振りかざしていた。

「おきよ」

茂助は絶叫した。

匕首が振り下ろされた。

そのとき、細身の男が突進してきて、おきよの襟首を摑んでいた賊の胴にしがみついていっしょに倒れた。

シロがおきよのそばにやってきた。

「おきよ。だいじょうぶか」

茂助は起き上がってきいた。

「ええ、だいじょうぶよ。おとっつあんは？」

「俺もだいじょうぶだ、逃げるんだ」

警護の侍はどうしたのだと不審に思いながら、茂助は部屋を出ようとした。だが、中肉中背の男と長身の男が行く手を塞《ふさ》いだ。

長身の男が嚙みつかれた腕をさすりながら、

「この犬は許せねえ」

と、興奮して言い、

「俺が犬にもう一度嚙みつかれる。その間に、犬のどてっぱらを突き刺してくれ」

「わかった」

「シロ、逃げて」

おきよはシロに言う。

長身の男がシロに迫った。中肉中背の男もシロに匕首を向けた。

「この野郎、裏切りやがったな」

背後で、大柄な男が細身の男を組み伏せていた。

「そいつに構うな。まず、こっちだ」

中肉中背の男が言うと、大柄な男は細身の男を突き飛ばして、こっちに向かってきた。

「まず、犬からだ」

中肉中背の男が言った。

「おめえたち、なんでおきよを」

茂助は三人の前に出た。

「そんなこと知らねえ。ただ、死んでもらうだけだ」

「待て」

そのとき、廊下から下働きの中年の男が現われた。新しく雇われたという男だった。手に抜き身をさげていた。

「だれでえ。てめえは？」

賊は後退《あとずさ》った。

「俺が相手だ」

下働きの男は剣を構えた。

「野郎」

大柄な男が突進した。が、次の瞬間、匕首が宙を飛び、畳に突き刺さった。中肉中背の男は腰を落として匕首を構えた。

下働きの男が剣を突き出す。相手は踏み込めず、後退るだけだ。

大柄な男に突進していった細身の男がよろけながら立ち上がった。茂助は男の背格好に見覚えがあった。顔は薄暗い中ではっきり見えないが……。

まさかと、胸が締めつけられた。

「おまえ、何者だ？」

中肉中背の男が震える声で言った。

「南町の者だ」

「なに」

賊が悲鳴のように叫んだ。

そのとき、庭から誰かが駆け上がってきた。

「新兵衛《しんべえ》、ご苦労だった」

武士が下働きの男に声をかけた。

「青柳さま」

茂助は啞然とした。

「竹蔵、金助、熊蔵。観念するのだ」

その声に、三人の賊はその場に膝をついてうなだれた。

五

　おときが行灯に灯を入れた。茂助とシロがおきよに寄り添っていた。

「青柳さま。すぐにおきよさんのところに駆けつけようとしたのですが、警護の三人に阻《はば》まれて助けに行くことが出来ませんでした」

　隠密同心《おんみつどうしん》の作田《さくた》新兵衛が頭を下げた。

「いや、よくやった」

　剣一郎は讃《たた》えた。新兵衛は、変装の達人で、剣一郎がもっとも信頼を置いている男だ。これまで何度も重要な役目を担《にな》ってもらっていた。

　今回も、下働きの男に扮《ふん》し、寮に潜入させたのだ。

「うむ、庭に三人が倒れていた。京之進が縄をかけた」

　剣一郎は言ってから、

「茂助、よくおきよを守った」

　と、茂助に顔を向けた。

「シロが守ってくれたのです」

「そうか、シロか」

　剣一郎はシロのそばに行き、

「シロ、よくやった」

　と、頭を撫でた。

　シロもうれしそうに尾を振っていた。

「青柳さま。もうひとり、おきよを助けてくれたひとがいます」

　茂助が言うと、おきよも、

「あのひとです」

　と、部屋の隅《すみ》で畏まっている細身の男を指差した。

「市太郎だな」

　剣一郎は声をかけた。

　市太郎はくずおれた。

「市太郎さん。どうしてこんな真似を」

「すまねえ。まさか、茂助さんの娘さんだとは知らなかったんです。シロって呼ぶ声で、はっと気づいて」

「青柳さま、市太郎さんがどうしてこんな連中の仲間になったかはわかりませんが、いざというとき、おきよを助けてくれたのです。どうか、そのことを」

「うむ」

剣一郎は頷いてから、改めて竹蔵に顔を向けた。

「竹蔵、誰に頼まれた？」

「誰にも頼まれちゃいません。ただ、金がありそうな家なので忍び込んだだけです」

「金が狙いではなく、おきよの命を奪うためではないのか」

「違います」

「そなた、下働きの若い男が三人いたのを知っていたな？」

「………」

「佐高家の家来だ。いちおう、おきよの警護のためだと言っていた。だが、三人の真の狙いはおきよを殺した賊を斬り捨てることだ」

「えっ？」

「そなたたちはたとえ目的を果たしたとしても、警護の三人に斬られる運命にあったのだ」

「嘘だ」

竹蔵が叫ぶ。

「よく考えろ。おきよを殺るだけなら、あの警護の者が密《ひそ》かに行えばいい。だが、それでは下手人がすぐわかってしまう。だから、押込みに殺されたことにする必要があったのだ。だが、そなたたちが捕まればすべて真相が明るみに出てしまう。捕まらずとも、真相を知っている者は消さねばならなかったのだ。そなたたちは利用されていたのだ」

「そんな」

「誰に頼まれた？」

「…………」

「『宝屋』の吉兵衛だな。実際に指示をしていたのは伊佐治。どうだ？」

「そうです。伊佐治から言われて……」

竹蔵は悔しそうに口元を歪めた。

「半年前の平助と格太郎殺しも伊佐治の指示で、そなたたちがやったんだな」

「そうです。今度もまたたんまり礼金をくれると言うので」

「伊佐治は誰から依頼を受けたのだ？」

「呉服問屋『三条屋』です。前回も今回も『三条屋』です」

竹蔵の言葉に、金助と熊蔵も頷いた。

「詳しいことは大番屋できく。京之進、この者らを連れていけ。市太郎は残せ」

「はっ」

京之進の掛け声で、岡っ引きたちが部屋にやってきて、竹蔵たちをしょっぴいて行った。剣一郎は茫然《ぼうぜん》としている市太郎に声をかけた。

「市太郎。話を聞かせてもらおう。なぜ、竹蔵たちといっしょに動いたのだ？」

「へえ、半年前、あっしは格太郎さんから七年前の狆の急死の真相を知らされたのです。毒死だったと。親父の『狆小屋』がそのことによって潰れたことに怒りを抱き、平助さん、格太郎さんとともに佐高家用人の津野紋兵衛を強請ろうとしたんです。ところが、ふたりは殺されてしまった。あっしは怖くなって逃げました。神楽坂《かぐらざか》のほうに隠れ住んでいたんですが、ひと月前に見つかってしまいました」

市太郎は息を継いで、

「竹蔵たちに殺されかけたのですが、伊佐治がまだ使い道があるからと。それで、『宝屋』に……」

「それが竹蔵たちといっしょにおきよ殺しの罪をかぶせられて警護の侍に斬られ

るということだったのだ」

「まさか、狙いが茂助さんの娘さんだなんて想像もしていなかった」

「市太郎、よいか。そなたとて竹蔵たちと手を組んで寮に押し込んだ罪は免《まぬか》れない。だが、そなたはなにもしていないのだ。おかみにもご慈悲はある。大番屋にて何もかも正直に話すのだ。よいな」

「はい」

市太郎は大きく頷いた。

剣一郎はおきよのそばにいるシロのところに行き、

「シロ、今度もお手柄だった」

と、改めて声をかけた。

「青柳さま」

茂助が呼びかけた。

「青柳さまはシロをおきよのそばに置くように仰いました。今夜のことが想像ついたのでしょうか」

「漠然とだが、警護の侍のことが気になっていた。今夜はもう遅い。詳しい話は後日に」

剣一郎はそういい、市太郎を連れて入谷の寮から引き上げた。

翌日、剣一郎は昼前に『笹舟』の座敷に上がった。すでに、津野紋兵衛は来ていたが、きょうはひとりで厳しい顔で待っていた。

「お呼びたてして申し訳ございません」

剣一郎は詫びた。紋兵衛は引きつったような表情をしていた。

「昨夜のことはお耳に入りましたか」

「うむ」

「寮に押し込んだ竹蔵は『宝屋』の番頭伊佐治の指示を受けて、おきよを殺そうとしたのです。『宝屋』の主人吉兵衛は『三条屋』の主人勘十郎からの依頼だと言ってました」

剣一郎は紋兵衛をぐっと睨み、

「『三条屋』の勘十郎に命じたのは津野さまですね」

「…………」

紋兵衛は目を閉じた。心の中を整理しているのだろうか。

「いかがですか」

「……………」

「はじめからおきよを殺そうとする者がいるわけではなかった。第一、おきよが身籠もったことを知っているのは限られた者しかいなかったはずです。『美濃屋』の息子の功太郎の子を産むため、入谷の寮で過ごすことになったのですから、秘密は守れたはず。いったい、誰がおきよの命を狙うというのでしょうか」

紋兵衛は目を閉じたままだ。

「しいて言えば、矢之助君の正室の実家でしょうか。事実、そこの家中の者らしい侍がおきよの子の父親を気にしていたそうです。しかし、おきよを殺そうとまでするとは思えない」

「青柳どの」

紋兵衛を目を開けた。

「七年前、奥方に毒を盛ろうとした者がいた。そもそも、今の藩主越後守さまが御家を継ぐにあたり、大きな騒動があった。佐高家は御家騒動が勃発《ぼっぱつ》しやすい土壌にあるのだ。わしはなんとかそういう家中の空気を変えたかった。だが、なかなかそうはいかない。そんな中で、また厄介《やっかい》なことが起きた。矢之助君がよその商家の女中に……」

紋兵衛は顔をしかめた。

「生まれてくる子は必ず将来の禍根《かこん》になる。だから、抹殺せねばならなかったのだ」

「それは、あまりにも勝手では」

「よいか。矢之助君はこれから正室を迎える。もし、正室に男児が生まれなければどうなる？」

紋兵衛の目は血走っているようだ。

「矢之助君の後継は誰になるか。殿の寵愛《ちょうあい》を受けた今の奥方には男の子がいる。おきよの子を推す者も出てこよう」

「では、おきよの子がいなければ、奥方さまの子が跡を継ぐことになります。津野さまはそのほうがよいとお考えですか」

「わしは誰でもよい。ただ、世継ぎ争いをなくしたいだけだ」

「それは家督相続の決まりを定めればよろしいだけではありませんか」

「その決まりを定めることは難儀なことだ」

「それは言い訳にはなりません。そのことを疎《おろそ》かにしているご家老《かろう》をはじめとする重臣方の怠慢ではありませんか」

「わしひとりでは動かぬ」

「だからといって、これから生まれてくる子の命を奪うなど許されることではありません。あなたの企《たくら》みが成功したとして、矢之助君が真実を知ったとき、あなたはどう釈明するつもりなのですか」

「………」

「あなたはおきよ殺しの真相を隠蔽しようといろいろ画策しました。南町の宇野清左衛門に申し入れた、書付《かきつけ》を盗んだ盗人《ぬすっと》の件、あれも作り話ですね。賊の特徴は市太郎という者に似てました。警護に出向いている侍におきよを殺させ、その罪を市太郎に負わせようとしたのではありませんか。いくつか、あなたは手立てを考えていたのです。いずれにしろ、自分の目的を果たすためにはひとの命をも……」

「市太郎は半年前、平助や格太郎と共に、七年前の狆の急死のことでわしを脅そうとしたのだ」

紋兵衛は顔をしかめた。

「しかし、毒を盛ったのは津野さまでないのでは？」

「未遂《みすい》だったから、わしは毒殺の陰謀があったことを隠し、そのために首謀者を隠居に追い込んだだけで許した。その自責の念があった」

「津野さま、この件は矢之助君に言いますか、それとも隠しますか」

「おきよが生きている以上、矢之助君に一切を話す。その上で、裁《さば》きを待つことにする」

「奉行所に、警護と称して寮に入り込んでいた三人の侍がおります。襲撃に遭ったおきよを助けに入ろうとした南町の隠密同心の邪魔をした罪です。ただ命令どおりに動いただけの三人の若い侍の将来を考えて、何か手を打ってあげたらいかがか」

「…………」

「わかった。ご配慮、痛み入る」

紋兵衛は深々と頭を下げた。

数日後、茂助は深川万年町一丁目にある『嘉田屋』の離れで、市兵衛と向かい合った。

「市兵衛さん。市太郎さんのことですが」

茂助は口にした。

「市太郎は今、どこに？」

「落ち着いてきいてください。市太郎さんは今、小伝馬町の牢屋敷におります」

「なんですって」

市兵衛は口を半開きにしたあとで、肩をがくんと落とした。

「やはり、間違ったことをしていましたか。悪い仲間と付き合っていると聞いて、覚悟はしていましたが」

「そうじゃありません。じつは、市太郎さんは娘を助けてくれたのです」

「……………」

「市兵衛さん、聞いてください」

と、茂助は賊が入谷の寮に侵入し、おきよが危なくなったとき、市太郎が仲間を裏切って助けてくれたことをつぶさに話した。

「市太郎が娘さんを助けた？」

「そうです。あっしら親子は十五年前に市兵衛さんに命を救われました。今度は市太郎さんに命を助けられたのです」

「そうですかえ。市太郎が……」

「市太郎さんは半ば脅迫されて悪い連中の仲間に入っていたんです。青柳さまも情状を酌《く》めるから、近々お解き放ちになるだろうと仰っていました」

「ほんとうですか」

「ええ、市太郎さんは出てきたら、ここに来ると言っていたそうです」

「市太郎が……」

「ええ、市太郎さんも言ってました。俺は親父を誤解していたかもしれないと」

茂助は懐《ふところ》から袱紗包みを取り出した。

「市兵衛さん。ここに六十両あります。十五年前にお借りしたお金です。利子はついていませんが、今日改めてお返しいたします」

「なにを言うのです。あれは貸したのではありません。上げたものです。返してもらう筋合いはありません。持って帰ってください」

「いえ、あのとき市兵衛さんはこう仰いました。やるんじゃねえ。貸すんだ。だが、心配するな。催促無しのあるとき払いだ。金があまりそうなら、娘さんに習い事でもさせてやることだ、と。お忘れですかえ。でも、あっしはあのときの市兵衛さんの温かい言葉をいまも思いだすことが出来ます」

「………」

「あっしもおかげでなんとか建具職人としてやっていけるようになり、あるとき払いのお金をこうしてお返し出来るようになりました。どうぞ、お受取りください。市太郎さんとふたりで何かをはじめるときの足しにでも」

「茂助さん、ありがてえ、ほんとうは喉《のど》から手が出るほど欲しかったんです。このとおりです」

市兵衛は嗚咽《おえつ》を漏《も》らして畳に手をついた。

「市兵衛さん。なにを言うのです。これは市兵衛さんのお金です。ご自分のものです。さあ、手を上げて」

戸口にひとの気配がした。

「市兵衛さん、おまえさんを訪ねてのお客さんをお連れした」

『嘉田屋』の主人の声だ。

「へえ」

市兵衛は返事をしてから、首をひねりながら立ち上がった。茂助は土間を見た。女が立っていた。

「おまえさん」

女が喉に詰まったような声を出した。

「おさわ」

市兵衛が声を上げた。

「どうしてここが？」

「あっ」

おさわが茂助に気づいて小さく叫んだ。

「おさわ、茂助さんを知っているのか」

「はい。先日、訪ねてきてくださって、おまえさんのことを」

「茂助さん」

すべて事情を察したように市兵衛は茂助を見た。

「あっしはこれで」

茂助は腰を上げた。

「おかみさん、どうぞ」

茂助はふたりに挨拶をして土間を出た。

よかった、ほんとうによかったと、茂助はおさわがやってきたことを喜んだ。

これで市兵衛の家族はやり直せるのではないか。

油堀に沿って歩きながら、これで市兵衛への恩返しが出来ただろうか。いや、まだだ。あのときの恩誼《おんぎ》にはまだ報いきれていないと、小雪の舞う吾妻橋の夜のことがまざまざと脳裏に蘇っていた。

草木も枯《か》れはじめて、夜風は肌寒く、なんとなく物悲しい晩秋になったが、剣一郎は庭に目をやりながら、茂助の話を思いだして心が安らいでいた。

おきよは丹後山辺藩佐高家の下屋敷に移り、そこで出産を迎えることになったらしい。矢之助君が家中に告げたそうだ。

矢之助君は今度のいろいろな問題に立ち向かって行くつもりらしい。用人の津野紋兵衛は隠居したそうだが、詳しい話は届いていない。

剣一郎が茂助の話で心が和《なご》んだのは市兵衛のことだ。市太郎がお解き放ちになり、市兵衛の別れたかみさんも戻ってきて、今は三人で暮らしているという。

「おまえさま。なにをにやにやしているのですか」

多恵がきいた。

「うむ、恩返しだ」

「恩返しですか」

「太助は遅いな」

「ええ。ほんとうに。せっかく、おいしいお酒をいただいたのに」

多恵は溜《た》め息をついた。

剣一郎の思いはまた飛んだ。『三条屋』の勘十郎と『宝屋』の吉兵衛、そして番頭の伊佐治は平助と格太郎殺しの罪で捕まったが、京之進の調べにより、『三条屋』の客だったおまきも平助と格太郎殺しに手を貸したことでお縄になったという。おまきはその前に平助とつるんで、おまきの旦那を殺した。旦那は大雨の夜、おまきの家から帰る途中、日本橋川に落ちたのだが、これは平助の仕業だった。

ひとつの事件から悪い奴が芋づる式に捕まったが、すべての発端は七年前の狆の急死だ。

狆のことからシロに思いは向かった。今度の事件での最大の功労者はシロかもしれない。おきよが下屋敷に移ったらシロはどうするのだろう。

それにしても、シロは十七歳で、かなりの老犬だ。だが、おきよを助けた動きは歳を感じさせない。やはり、シロは稲荷神が茂助の家族に遣わした犬だったのではないか。

「おまえさま、またにやにやしていますよ。今度はなんですか」

「シロだ」

ぽかんとしている多恵から庭に目を向けた。まだ、太助はやって来ない。秋の夜寒《よさむ》は人恋しく、剣一郎も多恵も太助がやって来るのを待ち焦《こ》がれていた。

一〇〇字書評

切り取り線

購買動機（新聞、雑誌名を記入するか、あるいは○をつけてください）

- □（　　　　　　　　　　　　）の広告を見て
- □（　　　　　　　　　　　　）の書評を見て
- □ 知人のすすめで
- □ タイトルに惹かれて
- □ カバーが良かったから
- □ 内容が面白そうだから
- □ 好きな作家だから
- □ 好きな分野の本だから

・最近、最も感銘を受けた作品名をお書き下さい

・あなたのお好きな作家名をお書き下さい

・その他、ご要望がありましたらお書き下さい

住所	〒				
氏名		職業		年齢	
Eメール	※携帯には配信できません	新刊情報等のメール配信を 希望する・しない			

この本の感想を、編集部までお寄せいただけたらありがたく存じます。今後の企画の参考にさせていただきます。Eメールでも結構です。

いただいた「一〇〇字書評」は、新聞・雑誌等に紹介させていただくことがあります。その場合はお礼として特製図書カードを差し上げます。

前ページの原稿用紙に書評をお書きの上、切り取り、左記までお送り下さい。宛先の住所は不要です。

なお、ご記入いただいたお名前、ご住所等は、書評紹介の事前了解、謝礼のお届けのためだけに利用し、そのほかの目的のために利用することはありません。

〒一〇一-八七〇一
祥伝社文庫編集長　清水寿明
電話　〇三（三二六五）二〇八〇

祥伝社ホームページの「ブックレビュー」からも、書き込めます。

www.shodensha.co.jp/bookreview

祥伝社文庫

恩《おん》がえし　風烈廻《ふうれつまわ》り与力《よりき》・青柳剣一郎《あおやぎけんいちろう》

令和 3 年10月20日　初版第 1 刷発行

著　者　小杉健治《こすぎけんじ》
発行者　辻　浩明
発行所　祥伝社《しょうでんしゃ》
東京都千代田区神田神保町 3-3
〒101-8701
電話　03（3265）2081（販売部）
電話　03（3265）2080（編集部）
電話　03（3265）3622（業務部）
www.shodensha.co.jp
印刷所　堀内印刷
製本所　ナショナル製本
カバーフォーマットデザイン　中原達治

Printed in Japan ©2021, Kenji Kosugi ISBN978-4-396-34768-0 C0193

〈祥伝社文庫　今月の新刊〉

渡辺裕之
荒原の巨塔　傭兵代理店・改
南米ギアナで起きたフランス人女子大生の拉致事件。その裏に隠された、史上最大級の謀略とは。

原　宏一
ねじれびと
平凡な日常が奇妙な綻びから意外な方向へと迷走する、予測不可能な五つの物語。

桂　望実
僕は金《きん》になる
賭け将棋で暮らす父ちゃんと姉ちゃん。まともな僕は二人を放っておけず……。

辻堂　魁
斬雪《ざんせつ》　風の市兵衛　弐
藩の再建のため江戸に出た老中の幼馴染みが目にした巣窟とは。市兵衛、再び修羅に！

小杉健治
恩がえし　風烈廻り与力・青柳剣一郎
一家心中を止めてくれた恩人捜しを請け負った剣一郎。男の落ちぶれた姿に、一体何が？

藤原緋沙子
竹笛　橋廻り同心・平七郎控
立花平七郎は、二世を誓った男を追って江戸に来た女を、過去のしがらみから救えるのか。

長谷川　卓
柳生神妙剣《やぎゅうしんみようけん》
柳生新陰流の達者が次々と襲われた。立ちはだかる難敵に槇十四郎と柳生七郎が挑む！

岩室　忍
初代北町奉行　米津勘兵衛　**雨月《うげつ》の怪《かい》**
家康の豊臣潰しの準備が着々とすすむ中、江戸では無頼の旗本奴が跳梁跋扈し始めた。